아픈건 싫으니까 방어력에 올인하려고 합니다.

[글] 유우미칸 [일러스트] 코인

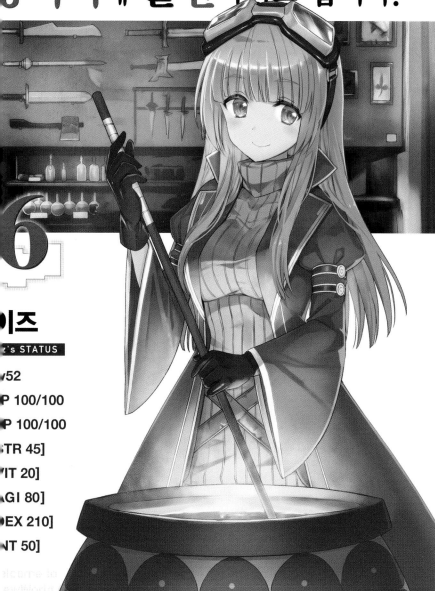

이즈

z's STATUS

52

P 100/100

P 100/100

TR 45]

IT 20]

GI 80]

EX 210]

NT 50]

"이걸로 끝장이야!"

둘이서 완벽하게 연계하면,

뭐든 공략할 수 있다 ── !

메이플
어떤 공격에도 대미지 0.
가장 튼튼한 길드 마스터.

제7회 이벤트에서

"우리도 페인이
성장 중인걸."

"……나 역시
연마를 거듭하고 있다.
더욱 강력한 마법과
스킬도 익혔지."

"그럴 때는 본인의
성장을 말해야 하지 않나."

"미이가 진짜 굉장했어
다 불태울 기세였다니

아프른 건 싫으니까

방어력에 올인하려고 합니다.

[글] 유우미캉   [일러스트] 코인

6

CONTENTS

All points are divided to VIT.
Because
a painful one isn't liked.

NewWorld Online STATUS

NAME 메이플　　　‖ Maple　　‖LV **48**

HP 200/200　　**MP** 22/22

STATUS

STR 000　**VIT** 11970　**AGI** 000　**DEX** 000　**INT** 000

EQUIPMENT

‖ 초승달 ^{skill} 히드라　　‖ 어둠의 모조품 ^{skill} 악식　　‖ 흑장미의 갑옷 ^{skill} 흘러나오는 혼돈

‖ 인연의 가교　　‖ 터프니스 링　　‖ 생명의 반지

SKILL

【실드 어택】【몸놀림】【공격 피하기】【명상】【도발】【고무】【HP강화(소)】【MP강화(소)】
【대형 방패의 소양 V】【커버 무브 IV】【커버】【피어스 가드】【카운터】【절대방어】
【극악무도】【자이언트 킬링】【히드라 이터】【봄 이터】【쉽 이터】【불굴의 수호자】【사이코 키네시스】
【포트리스】【헌신의 자애】【기계신】【고독의 주법】【얼어붙는 대지】【백귀야행 I 】

NewWorld Online STATUS

NAME 사리　　　‖ Sally　　‖LV **44**

HP 32/32　　**MP** 130/130

STATUS

STR 100　**VIT** 000　**AGI** 163　**DEX** 045　**INT** 050

EQUIPMENT

‖ 심해의 대거　　‖ 해저의 대거

‖ 수면의 머플러 ^{skill} 신기루　　‖ 대해의 코트 ^{skill} 대해

‖ 대해의 옷　　‖ 블랙 부츠　　‖ 인연의 가교

SKILL

【질풍 베기】【디펜스 브레이크】【고무】【다운 어택】【파워 어택】【스위치 어택】
【연격검 V】【체술 V】【불 마법 III】【물 마법 III】【바람 마법 III】【흙 마법 II 】【어둠 마법 II 】
【빛 마법 II 】【근력강화(소)】【연속공격 강화(소)】
【MP강화(중)】【MP컷(소)】【MP회복속도강화(소)】【독 내성(소)】【채집속도강화(소)】
【단검의 소양 VI】【마법의 소양 III】
【상태이상 공격 VI】【기척 차단 II 】【기척 감지 II 】【발소리 죽이기 I 】【도약 III】【퀵체인지】
【요리 I 】【낚시】【수영 X】【잠수 X】【털 깎기】【초가속】【고대의 바다】【추인】【잔재주꾼】
【검무】【매미 허물】【웹 슈터 VI】【얼음 기둥】【빙결영역】

0557 4654 3729 1094

NAME 크롬　HP 940/940　MP 52/52　LV 66

STATUS

STR 130　VIT 180　AGI 020　DEX 030　INT 010

EQUIPMENT

참수 skill 생명포식	원령의 벽 skill 흡혼
피투성이 해골 skill 영혼포식	피로 물든 하얀 갑옷 skill 데드 오어 얼라이브
강건의 반지	철벽의 반지	디펜스 링

SKILL 【돌진 찌르기】【불꽃베기】【얼음검】【실드 어택】【몸놀림】【공격 피하기】【대방어】【도발】
【철벽체제】【HP강화(대)】【HP회복속도강화(대)】【MP강화(소)】【대형 방패의 소양X】【방어의 소양X】
【커버 무브X】【커버】【피어스 가드】【카운터】【가드 오라】【방어진형】【수호의 힘】【대형 방패의 극의III】
【방어의 극의II】【독 무효】【마비 무효】【스턴 내성(대)】【수면 내성(대)】【빙결 무효】【화상 내성(대)】
【채굴IV】【채집V】【털 깎기】【정령의 빛】【불굴의 수호자】【배틀힐링】【사령의 진흙】

1121 6511 1627 4925

NAME 이즈　HP 100/100　MP 100/100　LV 52

STATUS

STR 045　VIT 020　AGI 080　DEX 210　INT 050

EQUIPMENT

대장장이의 해머X	연금술사의 고글 skill 심술쟁이 연금술
연금술사의 롱코트 skill 마법공방	대장장이의 레긴스X
연금술사의 부츠 skill 새로운 경지	포션 파우치	아이템 파우치	블랙 글러브

SKILL 【스트라이크】【생산의 소양X】【생산의 극의IV】【강화성공확률강화(대)】【채집속도강화(대)】
【채굴속도강화(대)】【상태이상공격II】【발소리 죽이기III】【대장X】【재봉X】【재배X】【조합X】
【가공X】【요리X】【채굴X】【채집X】【수영IV】【잠수V】【털 깎기】【대장장이 신의 가호X】

3030 8825 2743 3535

NAME 카나데　HP 335/335　MP 290/290　LV 38

STATUS

STR 015　VIT 010　AGI 045　DEX 050　INT 110

EQUIPMENT

신들의 지혜 skill 신계서고	다이아 뉴스보이캡VIII
지혜의 코트VI	지혜의 레긴스VIII	지혜의 부츠VI
스페이드 이어링	마도사의 글러브	성스러운 반지

SKILL 【마법의 소양VI】【MP강화(중)】【MP컷(소)】【MP회복속도강화(대)】【마법위력강화(소)】
【심록의 가호】【불 마법IV】【물 마법III】【바람 마법IV】【흙 마법II】【어둠 마법II】【빛 마법V】
【마도서고】【사령의 진흙】

NAME 카스미 HP 435/435 MP 70/70 **LV 62**

STATUS

〖STR〗185 〖VIT〗080 〖AGI〗090 〖DEX〗030 〖INT〗020

EQUIPMENT

║무명도 ║분홍색 머리장식 ║벚꽃의 옷 ║보라색 하카마
║사무라이의 각반 ║사무라이의 토시 ║금 허리띠 ║벚꽃 문장

SKILL 【일섬】【투구 쪼개기】【가드 브레이크】【후리기】【간파】【고무】【공격체제】【도술Ⅹ】
【일도양단】【투척】【HP강화(대)】【MP강화(중)】【독 무효】【마비 무효】【스턴 내성(대)】
【수면 내성(중)】【빙결 내성(소)】【화상 내성(소)】【장검의 소양Ⅹ】【도의 소양Ⅹ】【장검의 극의Ⅱ】
【도의 극의Ⅱ】【채굴Ⅳ】【채집Ⅵ】【잠수Ⅴ】【수영Ⅵ】【도약Ⅶ】【털 깎기】【멀리보기】【불굴】
【검기】【용맹】【괴력】【초가속】【전장의 마음가짐】

NAME 마이 HP 35/35 MP 20/20 **LV 36**

STATUS

〖STR〗360 〖VIT〗000 〖AGI〗000 〖DEX〗000 〖INT〗000

EQUIPMENT

║파괴의 검은 망치Ⅷ ║블랙돌 드레스Ⅷ
║블랙돌 타이츠 Ⅷ ║블랙돌 슈즈 Ⅷ

║작은 리본 ║실크 글러브

SKILL 【더블 스탬프】【더블 임팩트】【더블 스트라이크】【공격강화(소)】【대형망치의 소양Ⅳ】
【투척】【비격】【침략자】【파괴왕】【자이언트 킬링】

NAME 유이 HP 35/35 MP 20/20 **LV 36**

STATUS

〖STR〗360 〖VIT〗000 〖AGI〗000 〖DEX〗000 〖INT〗000

EQUIPMENT

║파괴의 하얀 망치Ⅷ ║화이트돌 드레스Ⅷ
║화이트돌 타이츠 Ⅷ ║화이트돌 슈즈 Ⅷ

║작은 리본 ║실크 글러브

SKILL 【더블 스탬프】【더블 임팩트】【더블 스트라이크】【공격강화(소)】【대형망치의 소양Ⅳ】
【투척】【비격】【침략자】【파괴왕】【자이언트 킬링】

프롤로그 방어 특화와 아이템.

　제6회 이벤트에서 HP 회복이 안 되는 정글을 탐색하던 도중에 【집결의 성검】 길드 마스터인 페인과 만난 메이플은 최상급 플레이어인 페인을 자신이 자랑하는 방어력으로 잘 지켜내며 정글을 공략해 나갔다. 【포학】 상태인 메이플을 타고 이동하는 동안 페인은 늘 뭐라 형언할 수 없는 표정을 짓고 있었지만, 그건 일단 넘어가자.

　하지만 메이플은 정글에 다시 들어가는 데 필요한 아이템을 좀처럼 입수하지 못했기 때문에, 크롬에게 들었던 통상 필드로 관심이 넘어갔다.

　이렇게 해서 갑자기 표적이 된 보스 「빛의 왕」은 한 차례 메이플을 물리쳤지만, 메이플은 포기하지 않고 아이템을 사들여 다시 공략에 나서기로 했다.

　아이템 구입을 끝낸 날로부터 며칠 후, 메이플은 번개가 떨어지는 운해를 걷고 있었다.

　"이길 수 있으려나……. 어떨지 모르겠네."

불안해하는 메이플. 하지만 인벤토리는 이번 전투를 대비해서 사 모은 이런저런 물건들로 꽉 차 있다.

뭔가 하나라도 유효타를 줄 수 있으면 길이 열릴 것이다.

"헛수고가 될지도 모르지만…… 전부 시험해 보고 안 되면 다시 생각하자!"

그러는 메이플 앞에 그 옥좌가 다시 모습을 드러냈다.

"좋아. 간다― 간다―!"

메이플이 옥좌 쪽으로 발을 내딛자, 지난번과 똑같이 옥좌 위에서 빛이 사람 형태를 이룬다.

지면에는 성스러운 빛이 퍼지고, 빛의 화살도 날아오기 시작했다.

"이제 그건 상대 안 할 거거든?"

메이플은 이번에는 대응사격을 하지 않고 몸으로 화살을 받으면서 왕에게 똑바로 걸어갔다.

그렇게 거대한 빛의 왕의 발끝에 당도한 메이플은 화살비를 개의치 않고 인벤토리를 열어 아이템을 확인하기 시작했다.

"음……. 하나씩 시험해 보자."

메이플은 인벤토리에서 종이 한 장을 꺼내 빛의 왕의 발끝에 찰싹 붙였다.

그러자마자 종이가 붉게 빛나더니 소리를 내며 타올랐다.

"아…… 안 통하나? 불도 안 통하는 걸까. 그럼 다음은 이거!"

메이플은 비슷한 종이를 다시 발끝에 붙인다.

그러자 이번에는 높은 소리를 내며 그 부분이 얼어붙는다.

"앗, 아주 조금 HP가 줄었어! 좋아⋯⋯."

메이플은 인벤토리를 열어두고 발 정면에 앉아 종이를 한 장 한 장 꺼내 붙이는 작업에 들어갔다.

그렇게 빛의 왕의 발을 집요하게 얼음 투성이로 만들며 계속 공격한 결과 HP를 10% 정도 깎을 수 있었다.

"음⋯⋯ 다 떨어졌네. 다른 아이템을 시험해 보자."

메이플은 다른 아이템을 사용하고, 다 쓰면 다른 아이템을 사용하는 식으로 보스의 HP를 서서히 깎아 나간다.

도중에 보스의 공격이 거세지기도 하고 효과가 추가되기도 했지만 메이플은 그걸 계속 튕겨내서 아무렇지도 않았다.

"우응, 마법 공격 아이템은 다 써버렸어⋯⋯. 불과 바람은 안 통하니까, 이건 어딘가 쓸 데가 생길 때까지 놔두고⋯⋯. 음."

메이플은 빛의 왕의 HP 게이지를 확인한다.

게이지는 확실히 줄었지만 아직 60퍼센트는 남아 있었다.

메이플이 쓰는 아이템으로 주는 대미지는 극히 적기 때문에 어쩔 수 없는 일이었다.

빛의 왕에게는 나름대로 값이 나가고 효과도 큰 아이템을 가져와야 비로소 제대로 대미지를 줄 수 있는 모양이다.

"그럼, 여기서 이거다!"

다음으로 메이플이 꺼낸 것은 손바닥만 한 빨간 돌.

메이플이 던진 돌은 빛의 왕의 발에 부딪치더니 터져서 1대 미지를 주었다.

"됐다!"

이 전법은 메이플이 마을을 걷고 있을 때 들은 이야기에서 번뜩 떠오른 것이었다.

싼값에 구할 수 있고, 1에서 3까지 랜덤 대미지를 고정적으로 주는 힘을 가진 아이템.

이 아이템으로 메이플을 쓰러뜨릴 수 없을까 하는 이야기를 부분적으로 들었다.

그 이야기는 결국 방어 관통 스킬을 쓰는 게 몇 배나 편하다는 결론으로 끝났지만, 메이플은 모른다.

"아직…… 아직 많이 있어—!"

메이플은 돌을 꺼내고 던지고, 또 꺼내고 던져, 빛의 왕의 HP를 찔끔찔끔 줄여 나간다.

시간이 걸리는 것은 분명하지만 상대에게 대미지를 주는 수단이 메이플에게만 있는 지금, 승산은 메이플에게만 있다.

이 싸움은 인벤토리에 꽉꽉 채운 빨간 돌을 모조리 던질 때까지 이어졌다.

"이얍! 야압! 좋아 좋아, 절반! 응?"

메이플이 계속 돌을 던져 보스의 HP가 절반까지 감소했을 무렵, 보스 주위에 천사 두 마리가 나타났다.

그것들은 둥둥 떠서 메이플을 향해 화살을 쏜다.

"안 통해, 안 통해! ……그렇지도 않네? 뭐야, 이거?"

화살에 의해 금색으로 빛나는 실이 메이플의 몸에 감겨서 구름으로 된 지면에 이어져 있었다.

메이플이 이동하자 금색 실은 끊어지지 않고 늘어난다.

"으음, 뭐가…… 아, MP를 빼앗기고 있네. 하지만 뭐 됐어, 나랑은 상관없는걸."

구속하는 겉모습대로 【AGI】도 감소했지만, 아무리 내려간다 해도 0은 0이라서 이 공격도 메이플에게는 영향이 없었다.

"좋아. 그럼 한 번 더."

그렇게 말하고 돌을 꺼내 빛의 왕 쪽을 다시 본 메이플은 그의 변화를 깨달았다.

빛의 왕의 머리 위에 빛의 고리가 떠 있고, 그뿐 아니라 희미한 빛으로 만들어진 커다란 날개가 옥좌를 꿰뚫을 듯이 분명하게 보인다.

그리고 메이플에게 가장 나쁜 변화는 빛의 왕의 HP가 슬금슬금 회복되고 있다는 사실이었다.

"헉!? 기, 기다려!"

메이플이 서둘러 공격을 재개했지만 회복량이 대미지를 웃돌아 메이플이 수많은 아이템을 써서 깎은 HP는 결국 완전히 회복되고 말았다.

"치사해, 그거 사기잖아!"

메이플이 돌을 계속 맞혔던 발끝을 단도로 꾹꾹 찌르지만 대미지는 들어가지 않는다.

"우우……! 아— 진짜. 그럼 실수로 산 이거라도 먹어라!"

메이플은 그렇게 말하고 인벤토리를 조작해 누름돌처럼 생긴 수십 개의 돌을 발끝에 떨어뜨렸다.

고정 대미지를 주는 빨간 돌을 파는 가게에서 이것저것 손에 잡히는 대로 살 때 실수로 구입해 버린 물건이다.

그 후 어딘가에서 쓸 수 있을지도 모른다는 희미한 기대를 품고서 팔지도 않고 그대로 가지고 있었던 것이다.

"가자……. 하아……. 에휴—."

메이플은 휘감긴 실도 무시하고 화살을 맞으면서 터벅터벅 돌아갔다.

"우우……. 돈 아까워……."

그리고 그날은 로그아웃하고 조금 부루퉁한 표정으로 방에서 데굴거렸다.

다음 날.

메이플은 마이와 유이를 데려왔다.

"왓! 엄청난 번개네요……."

"으으…… 깜짝 놀랐어요."

"나도 처음에는 놀랐어—."

메이플이 등에서 하얀 날개를 빛내며 미소 짓는다.

"으음……. 오늘은 그러니까."

"응, 바로 끝낼게. 정말 미안해, 도와달라고 해서……."

메이플이 그렇게 말하며 미안한 듯이 고개를 숙인다.

"아니요, 저희도 정글 탐색은 너무 넓고 걷기 힘들어서 포기
한 참이라…… 그치? 언니."

"그치, 유이. 마침 잘됐지."

이전에 4층에서 퀘스트를 도와줬을 때의 보답이기도 하다
고 말하는 두 사람을 데리고 메이플은 세 번째로 그 옥좌 앞에
들이닥쳤다.

"반드시 잡고 말 거야."

그렇게 말하고 메이플은 왕 앞으로 걷기 시작했다.

결과는 뻔했다.

메이플은 절대적으로 수호해 주는 하얀 날개를 빛내며 두 사
람을 데리고 나아간다.

빛의 화살은 그 걸음을 막지 못하고, 천천히, 그러나 확실히 거리가 좁혀져 간다.

그리고 왕의 발치에 도달한 메이플은 두 사람에게 준비를 재촉했다.

"네, 잠시 기다려 주세요."

마이와 유이가 각각 이즈에게 받은 아이템을 다수 사용한다.

그때마다 몸에서 붉은 오라가 넘쳐흐른다. 즉 공격력이 올라간 것이다.

마지막으로 두 번째 대형망치를 장비하면서 두 사람의 준비는 끝났다.

"아, 맞다! 【고무】!"

메이플이 제2회 이벤트에서 입수하고 거의 쓸 기회가 없었던 스킬이다.

이것으로 마이와 유이의 【STR】이 일시적이긴 하지만 20% 상승했다.

이 두 사람의 【STR】이 20% 상승하면 그것만으로도 빨간 돌을 던졌던 메이플과는 비교도 안 되는 화력을 기대할 수 있다.

완전하게 승리를 굳힐 수 있는 지원을 등에 업고, 마침내 마이와 유이는 둘이서 왕을 말 그대로 짓뭉개 버리려고 한 걸음 내디딘다.

""【더블 스트라이크】!""

그야말로 굉음이라 할 수 있는 소리가 한 손에 쥔 대형망치

마다 두 번, 두 사람이 합해서 여덟 번 울려 퍼지고, 단숨에 HP가 0이 된 보스는 그대로 침묵한다.

그리고 빛의 왕의 몸을 이루고 있던 빛이 안개처럼 흩어져 반짝이며 사라져 간다.

그 빛이 세 사람에게 쏟아지고, 각자에게 스킬 취득 알림이 왔다.

"해냈다! 흐흥! 너도 지난번에 천사를 둘 불렀으니까 똑같은 조건이거든. 아, 스킬 확인해야지."

메이플이 스킬을 확인한다.

【천왕의 옥좌】

스킬 발동 후, 스킬 해제 혹은 전투불능이 될 때까지 옥좌에 앉은 자에 대한 대미지를 20% 경감. 매초 HP를 2% 회복.

반경 30미터 이내에 있는 자신을 포함한 자의【속성:악】스킬을 사용불가로 만든다. 5분 후 재사용 가능.

"아…… 이것 때문이었구나."

메이플은 이번에 고전한 스킬 봉인의 원인을 확인하고 납득했다.

이것이 있어서 메이플의 수많은 스킬이 무력화된 것이다.

"사용해 볼까……. 【천왕의 옥좌】!"

메이플이 그렇게 말하자 바로 뒤에서 빛이 모여들더니 빛의 왕의 옥좌와 같은 모양에 메이플에게 맞는 사이즈로 작아진 옥좌가 출현했다.

메이플이 조심조심 앉자 지면을 덮듯이 빛이 뻗어 나간다.

또한 아주 희미하기는 하지만 몸 표면을 덮는 빛의 막이 생겼다.

메이플의 등의 날개는 빛의 왕이 그랬듯이 등받이를 통과해 뒤쪽에서 빛나고 있다.

"오오…… 좋다……. 예쁘고."

그저 순수하게 아름다운 이펙트와 모습을 가진 이 옥좌는 메이플의 마음속에서 쓰고 싶은 스킬 상위에 들어갔다.

사용하면 공격 성능이 떨어진다고 하지만. 애초에 메이플도 좋아서 봉인될 만한 【속성:악】 스킬만 입수한 것은 아니었다.

옥좌에 앉아 생글생글 웃으며 발을 파닥파닥 흔들던 메이플에게 유이가 말을 걸었다.

"메이플 씨? 저기…… 그건?"

"응, 어라, 너희는 이 스킬이 아니야?"

"네. 조금 전에 보스가 썼던 빛의 화살을 쏘는 스킬이에요. 【STR】과 관련이 없어서 아마 저희는 못 쓸 것 같지만요."

그 말을 듣고 메이플은 잠시 생각했다.

스킬이 다른 이유는 무엇인지.

원인으로 생각되는 것은 지금도 발동 중이고, 천사의 날개가 달리는 【헌신의 자애】이다.

"그 임금님도 날개가 있었으니까…… 그것 때문일까. 조건이 안 나와 있네."

메이플은 옥좌에서 일어나 두 사람을 데리고 돌아가려고 했다.

그러자 메이플을 덮고 있던 빛의 막이 사라지고 지면을 기어가는 빛도 없어진다.

"앗, 그렇구나. 앉아 있어야만 하던가. 우선은 두 사람 다 돌아가자."

""네!""

"응……? 아니, 잠깐 기다려 볼래?"

두 사람을 데리고 돌아가나 했더니, 메이플은 걸어가려던 발을 멈추고 입가에 손을 대고 생각하기 시작했다.

잠시 후.

벼락이 치는 가운데, 옥좌를 얹은 커다란 거북이가 지면을 하얗게 물들이며 하늘을 날고 있었다.

"시럽? 안 무거워?"

메이플이 옥좌를 운반하는 시럽에게 말을 건다.

등딱지에 나타난 옥좌는 시럽 위에 잘 실려 있다.

현재, 스테이터스로 봐서는 시럽의 부담이 전혀 드러나지 않았다.

"당분간은 이런 느낌으로 시럽이랑 함께 있을까. 【기계신】 같은 건 쓸 수 있으니까……. 응, 그게 좋을지도!"

"메이플 씨, 슬슬 번개 지대를 벗어나요."

유이가 가리킨 곳에는 하얀 구름이 보이기 시작했다.

"응, 그러네. 이제 뭐 할 거야?"

"으음…… 저희는 레벨을 올릴까 해요."

마이가 말하기를, 자기들은 아직 5층의 기준 레벨에 이르지 못했다고 했다.

"적을 일격에 못 잡으면 저희는 살아남을 수 없으니까요."

"우웅. 나도 레벨 올려야 하는데. 요즘 안 한 것 같아."

그런 이야기를 하면서, 바로 아래에 환하게 빛나는 수수께끼의 영역을 펼치면서.

옥좌를 실은 시럽이 통상 필드로 들어갔다.

그리고 이만큼이나 눈에 띄게 날고 있으면 당연히 그것을 보는 자도 존재하는 법이라.

한 대검 유저가 눈빛을 흐리며 그것을 올려다보고 있었다.

"후…… 날고 있군. 그리고……."

그렇게 말하고, 그 밑의 지면을 빤히 본다.

"아무리 봐도…… 뭔가 빛나고 있네……."

286이름:무명의 창 유저
메이플도 요즘은 얌전하군

287이름:무명의 활 유저
요전에 뭔가 땅을 얼리고 있었는데

288이름:무명의 마법 유저
땅을 얼리는 정도면 뭐
메이플이니까

289이름:무명의 대검 유저
거북이 등에 하얀 옥좌를 달고 날아갔어
뭔가 지면을 빛으로 덮으면서

290이름:무명의 창 유저
방금 얌전해졌다고 말한 참인데

291이름:무명의 마법 유저
마왕이니 뭐니 했더니 옥좌가 먼저 찾아왔나

292이름:무명의 활 유저

하지만 성 속성 느낌인데
천사 부분이 아직 남아 있었네

293이름:무명의 방패 유저
뭐야 그거 몰라

294이름:무명의 대검 유저
음…… 뭔가 등딱지 위에서 스킬을 써서
옥좌가 생긴 것 같은데 효과는 몰라
하지만 바로 밑으로 가도 천벌은 받지 않았어
벼락이 떨어지나 싶었지만

295이름:무명의 창 유저
등딱지 위에 옥좌가 있다니 절대로 보통이 아니잖아
보통은 땅 위에 설치할 수밖에 없잖아

296이름:무명의 방패 유저
회복계인지 방어계인지…… 광역 섬멸공격은 아닌 듯한데

297이름:무명의 마법 유저
앉아서 그런 거 쏘지 마
쏘지 말아 주세요

298이름:무명의 활 유저
옥좌인 걸 보면 앉을 필요가 있을지도 몰라
메이플이라면 어떻게든 되겠지만

299이름:무명의 방패 유저
평소에도 별로 안 움직이잖아
이점만 챙기고 돌아오네

300이름:무명의 대검 유저
그리고 거대 도깨비를 두 마리 소환했대
몇 미터급인 거
멋지다!

301이름:무명의 창 유저
또 은근슬쩍 부하가 늘었나⋯⋯
역시 마왕 속성 아니야? 옥좌 검게 칠해야 되나?

302이름:무명의 활 유저
셀 것 같아
우리가 아는 선에서 메이플이 뭐가 되더라?

303이름:무명의 마법 유저
맹독, 닿으면 죽는 방패, 공중부양, 괴물 소환, 괴물 변신, 천사 변신, 무장 전개, 지면 동결(new), 거대 도깨비 소환(new), 옥좌 설치(new)

그리고 일관성 있게 단단하지

304이름:무명의 방패 유저
던전 맨 안쪽에서 나온 거 아냐?

305이름:무명의 대검 유저
맨 안쪽에 이런 거 두지 말라고

306이름:무명의 마법 유저
이길 수 있는 놈이 없어지잖아!
옥좌인가 뭔가의 성능은 다음번 대인전 대비겠지

307이름:무명의 창 유저
용사 페인에게 기대해 보자

308이름:무명의 활 유저
나는 마을사람 A로서 치였으니까……

오브 지킬 때 어둠 속에서 뭔가 튀어나온 게 설마 메이플이었을
줄은

309이름:무명의 방패 유저
본바탕은 아직 사람이니까

310이름:무명의 창 유저
그 부분이 흔들리면 진짜 보스가 되니까 안 돼

311이름:무명의 대검 유저
레이드 보스 같은 게 되나?
쑥쑥 자라고 있어서 다행입니다

312이름:무명의 활 유저
음— 튼튼하지
지금 이 순간에도 성장하고 있을지도 몰라

313이름:무명의 마법 유저
무섭지만 귀여워

- -

1장 방어 특화와 우산.

그리고 메이플이 【천왕의 옥좌】에 앉아 날고 있는 사이에 이벤트는 끝났다.

그 후 결국 메이플이 정글로 돌아가는 일은 없었다.

이벤트도 끝나고 공략도 잠시 휴식, 그런 기분으로 메이플은 길드 홈에 있었다.

"어느새 이벤트가 끝나 버렸어……. 하지만 정글에 가는 데 필요한 아이템을 얻기도 어려웠고……."

메이플이 다음에는 뭘 할까 생각하고 있을 때, 입구에서 사리가 들어왔다.

사리는 작게 손을 흔들고 그대로 메이플 쪽으로 걸어왔다.

"어때, 메이플. 정글에서 성과가 있었어?"

사리는 "나는 나름대로 성과가 있었을지도."라고 말을 덧붙였다. 상당히 좋은 것을 구했다는 느낌이 드는 표정이다.

"으음…… 그다지 없었어. 도중부터는 그냥 5층을 탐색했거든."

"아, 정글에 가려고 해도 준비가 필요하니까……. 그럼, 이쪽에서는 성과가 있었어?"

"그건 있었어!"

메이플이 무언가를 손에 넣었다는 것을 알려주듯 만면의 미소로 대답한다.

"오, 어떤 거야?"

"옥좌!"

"어…… 미안한데, 다시 말해 줄래?"

"……? 옥좌!"

"그렇구나아……."

사리는 그 말만으로도 대략적인 내용을 알아차린 듯, 메이플이 앉은 소파 옆자리에 앉았다.

사리는 이벤트에 힘을 쏟고 있었기 때문에 메이플을 보는 것은 조금 오랜만이었다. 메이플이 말한 옥좌의 자세한 이야기나, 사리가 정글에서 본 이것저것 등 화제는 부족하지 않았다.

그렇게 계속 이야기하던 중 화제가 바뀌어, 다음 층 이야기를 하게 되었다.

"이벤트도 끝났고, 조금만 더 있으면 층이 추가될지도 모르겠네."

"그러게, 다음은 어떤 곳일까. 예쁜 곳이면 좋겠다."

메이플은 아직 보지 못한 풍경에 상상의 나래를 펼친다.

그것은 아름다운 바다이기도 하고, 고요한 숲이기도 하고, 번화한 마을이기도 했다.

"그러니까 여기서 못 끝낸 일은 전부 처리해 볼래?"

"아직 못 끝낸 일이 있어? 사리."

"음. 있잖아, 메이플이 아직 안 가 본 장소. 비가 천천히 내리는 곳. 거길 깨 놓자."

사리가 말한 비가 천천히 내리는 곳이란 이전에 크롬과 카스미가 발견한 장소를 말한다. 5층은 환상적인 하늘 위의 세계를 떠올리게 하는 층으로, 지금까지의 층에 있었던 흙으로 된 지면이나 숲 같은 것은 어디에도 없다. 지면은 구름, 던전 벽도 물론 구름이다. 특수한 구역은 번개구름이나 비구름이 펼쳐져 있지만 기본적으로 새하얀 필드다.

사리가 말하길, 이미 공략 정보도 올라와 있어서 뭘 얻을 수 있는지도 알고 있다고 했다.

"사리는 번개 쪽도 안 가지 않았어?"

"나는 됐어. 메이플이 알려준 스킬도 별로 안 끌리고."

"그렇구나. 그럼…… 갈까?"

"응, 준비하고 비 구역으로 가자."

이렇게 해서 두 사람은 비가 내리는 구역에 가기로 했다.

두 사람이 길드 홈에서 나오려고 문에 손을 뻗자 때마침 문이 열렸다.

"오, 메이플에 사리까지. 어디 가는 건가."

문 앞에 카스미가 있었다.

특별히 목적이 없었는지 우선 길드 홈에 온 것이었다.

"우리는 비가 천천히 내리는 곳에 갈 거야. 전에 카스미가 가르쳐 준 곳!"

"아아, 거긴가……. 그렇군, 괜찮다면 나도 같이 가도 되겠는가?"

마침 좋은 기회라고 생각한 카스미가 두 사람에게 묻는다.

메이플과 사리가 거절할 이유는 없어서, 결국 셋이서 가게 되었다.

"저기, 카스미. 그거 갖고 있어?"

"아니, 아직이다. 이벤트에 집중하고 있었거든."

"……?"

메이플은 두 사람이 무슨 이야기를 하는지 몰라 고개를 갸웃한다.

그런 메이플을 보고 사리가 갑자기 문제를 냈다.

"자, 메이플. 비가 올 때 쓰는 물건이라면?"

"어어…… 우, 우산?"

메이플이 자신 없다는 듯이 대답한다.

"맞아, 정답! 그 구역에 가기 위해 중요한 아이템이야."

"그런고로 우리는 지금부터 우산을 사러 가야 한다. 가게 위치는 내가 안다."

카스미와 사리가 나란히 선두에서 걸으며 안내하고 메이플은 그 뒤를 따라간다.

그리고 세 사람은 우산을 판매하고 있는 가게에 왔다.

안에는 가게가 비좁을 정도로 우산이 진열되어 있는데, 종류나 색깔, 크기까지 제각각이다.

"으음, 어느 걸로 할까."

'"어느 거든 효과는 같으니까—."

"응, 알았어."

메이플은 그렇게 말하고 가게 안을 걸어 다니며 이것도 아니고 저것도 아니라며 우산을 본다.

"나는 이걸로 할까."

"심플한 거면 되려나."

카스미는 어두운 붉은색 지우산을, 사리는 옷과 같은 파란색 우산을 구입했다.

"메이플은…… 아! 뭐야 그게?"

메이플이 손에 들고 있는 것은 모든 부분이 푹신푹신한 구름으로 된 우산이었다.

"여기 한정 상품이래!"

"메이플, 그런 거에 약하지."

"으…… 뭐, 맞지만. 그래도 우산으로 쓸 수 있거든, 봐!"

메이플은 구름 우산을 펼쳐 머리 위에서 빙글빙글 돌린다.

"파는 걸 보면 쓸 수 있겠지. 문제없을 거다…… 아마도."

메이플에 관한 일이 되면 카스미도 뭐라 단언하기 힘들다.

어쨌거나 세 사람은 각자 우산을 입수해 비가 내리는 구역으로 걸어갔다.

도중에 몇 번인가 몬스터와 만났지만, 고전할 메이플 일행이 아니었다.

똑바로 목적지를 향해 가서 문제없이 도착했다.

"음, 여전히 내리고 있네. 메이플, 우산 꺼내."

"응, 알았어."

메이플은 인벤토리에서 구름으로 된 우산을 꺼냈다. 나머지 두 사람도 똑같이 우산을 꺼낸다.

"우산 덕에 위에서 오는 비는 괜찮지만, 가까운 지면에 떨어져서 튀는 빗방울은 피하도록 해라."

"알았어! 그럼 가자."

세 사람은 우산을 쓰고 비가 천천히 내리는 구역에 발을 디뎠다.

"다행이다. 새지 않아."

메이플은 머리 위의 우산 너머로 빗방울이 부딪치는 것을 느끼고, 비가 새지 않는 것에 조금 안심한 듯이 말했다.

머리 위의 물건은 우산답지는 않아도 제 역할을 다해 주고 있다.

"그 가게 상품의 효과는 보증된다는 말이네……. 아직 좀 더 이동하는 데 시간이 걸리니까, 메이플에게 보스전에서 해 줬으면 하는 일을 이야기해 둘까."

그리고 사리는 메이플에게 보스전 작전을 전달한다.

"응응, 알았어. 괜찮아!"

메이플이 작전을 다 듣고 나서 고개를 끄덕이며 대답했다.

"두 사람, 딱 좋았다. 목적지에 도착한 모양이다."

카스미가 그렇게 말하고 우산을 접는다.

머리 위에는 여전히 흐린 하늘이 펼쳐져 있지만 비는 내리지 않았다.

메이플과 사리도 우산을 접고 각자 해야 할 일을 확인한다.

그리고 최종 확인을 마치고 세 사람은 보스 구역에 발을 들였다.

"왔다, 보스다!"

세 사람 앞쪽의 구름으로 된 지면에서 물덩어리가 스며나오듯 솟아나더니 서서히 사람 모양이 되어간다.

일렁일렁 흔들리는 그 몸속에는 한층 파란 덩어리가 있다.

즉, 그 덩어리가 이 보스의 핵이자 약점이라는 뜻이다.

보스의 몸이 완전히 형태를 갖췄을 때, 흐린 하늘에 변화가
나타났다.

"다시 비가 올 거야, 메이플!"

"응! 예정대로 할게!"

"다들 잘 부탁하마!"

세 사람이 각자 역할에 맞춰 움직이기 시작한다.

이에 반응하듯이 보스는 액체 몸을 변형시켜 팔을 검 모양으
로 만든다.

그리고 철벅철벅 물을 흩뿌리며 세 사람에게 다가왔다.

그뿐 아니라 하늘에서는 직경 1미터는 될 듯한 커다란 물덩
어리가 천천히 떨어지고 있다.

"자, 먼저【대해】! 그리고【빙결영역】!"

카스미가 보스에게 달려가는 가운데, 사리는 그 자리에서
스킬을 두 개 사용했다.

사리가 만들어낸 물은 곧장 얼어붙고, 하얗게 빛나는 냉기
가 지면을 따라 뻗어 나간다.

"좋아⋯⋯.【웹 슈터】,【얼음 기둥】."

사리가 스킬을 두 개 더 사용한다.

얼음 기둥이 세워지고, 메이플이 보는 앞에서 사리는 손바
닥에서 거미줄을 쏘더니 그 기둥을 고속으로 타고 올라갔다.

"오⋯⋯ 대단해⋯⋯. 아차, 나도 준비해야지!【전 무장 전

개】!"

사리에게 감탄하면서 메이플은 병기를 하늘로 겨눴다.

메이플이 맡은 일은 두 가지.

하나는 사리가 상공에서 얼리는 물덩어리를 파괴하는 것.

또 하나는 그 행동에 따라 보스가 메이플을 노리기 시작하므로 그 공격을 다 받아내는 것이다.

메이플이 하늘로 사격을 개시해 사리가 얼려놓은 물덩어리를 전부 꿰뚫는다.

상공에서 얼려도 떨어지지 않기 때문에 이렇게 파괴할 수 있는 것이다.

조금 전의 비 구역과 마찬가지로 이 물에는 속도 감소 디버프 효과가 붙어 있다.

우선 그것을 봉쇄하려는 작전이었다.

"사리 엄청나네, 날아다니고 있어……."

메이플이 중얼거린다.

그 눈에는 아득한 상공에서 기둥과 기둥을 고속으로 날아다니며 빗방울을 얼리는 사리가 비치고 있었다.

"멋져!"

메이플은 눈을 빛내고 말했지만, 멋져 보이는 것에는 보이지 않는 노력이 따르는 법이고, 그것은 사리도 마찬가지였다.

"【오른손:실】,【오른손:수축】,【왼손:실】,【왼발:실】,【왼손:수축】,【오른발:실】,【오른손:실】,【오른손:수축】,【왼손:실】."

사리는 실을 컨트롤하는 지령을 끊임없이 내리고 있었다.

스킬로 거미줄을 실처럼 꺼내서, 어떤 때는 줄이고 어떤 때는 타이밍 좋게 없앤다.

사리는 거미줄을 빈틈없이 관리하면서 하늘을 달리고 있는 것이다.

그리고 얼음 기둥 위에 착지해 한숨 돌린다.

"후우, 이걸로 우선은 1단계째. 물 상태로 땅에 떨어뜨리면 디버프가 잔뜩 걸리고…… 앞으로도 힘드니까 조금만 더 고생하자."

일정량의 빗방울을 파괴했을 때 보스의 상태가 변화한다.

메이플의 머리를 검으로 때리던 보스의 몸속에 있는 핵이 이동해 구름 지면에 스르륵 들어간다.

그리고 구름 바닥에서 똑같은 핵을 가진 보스의 분신이 몇 마리나 나타났다.

빗방울을 지면에 떨어뜨리면 떨어뜨릴수록 분신이 늘어나 핵을 공격하기 어려워지는 것이다. 세 사람이 잘 대처했기 때문에 나타난 숫자는 최소한으로 그쳤다.

"좋아, 잘된 것 같군. 그럼【혈도(血刀)】!"

카스미가 자기 차례라는 듯이 말하자 손에 들린 요도가 붉은 액체처럼 변해 간다.

그와 동시에 카스미의 HP가 일시적으로 절반 넘게 감소했다.

그러나 효과는 충분해, 피로 된 칼은 마구잡이로 공중에 뻗어나가거나 혹은 지면을 달려 구름의 대지를 붉게 물들이면서 모든 핵을 공격했다.

"정답을 모른다면 모조리 꿰뚫어버리면 될 일이다!"

공격이 끝나자 칼은 원래 모습으로 돌아가 카스미의 손에 갈무리되었다.

단독일 때는 위험을 동반하는 스킬이지만 메이플이 본체를 유도해 주면 안전하게 발동할 수 있다.

"자, 이걸 앞으로 세 번 반복하는 거였던가. 제법 쓰러뜨릴 맛이 나는 보스다."

"카스미! 포션!"

"알았다!"

물덩어리를 하나라도 놓치면 공격 속도가 떨어져서 전황이 슬금슬금 악화되어 간다. 세 사람은 보스를 쓰러뜨릴 때까지 최선의 움직임을 유지해야만 하는 것이다.

이렇게 해서 5층 최후의 보스전은 방심할 수 없는 제2단계로 넘어갔다.

그러나 제2단계로 넘어갔다 해도 하는 일은 기본적으로 달라지지 않는다.

　메이플은 어쨌거나 카스미와 사리의 머릿속에는 보스의 공격 수단과 단계별 변경점이 확실하게 들어 있다.

　그래서 제2단계를 돌파한 시점에서 대략적인 승리가 보이고 있었다.

　"빗방울이 떨어지는 속도가 빨라졌나. 사리는…… 잘 대응하고 있군."

　보스의 행동 패턴의 단계별로 빗방울이 빨리 떨어지고, 양도 늘어난다.

　메이플이 보스를 제대로 유도해 주고 있어서 카스미는 하늘을 주시하며 사리가 미처 얼리지 못할 경우를 대비하고 있었다.

　그러나 사리가 빗방울을 완전히 봉쇄해서 하늘보다는 날아다니는 사리만 본다.

　"사리까지 공중을……. 아니, 메이플에 비하면 아직 상식적인 범주이기는 하지만."

　사리는 얼음 기둥 사이를 뛰어서 옮겨 다니고 있는 것이지, 아무것도 없는 장소를 날아다니는 것은 아니다.

　"사리라면 숲속에서도 자유롭게 날아다닐 수 있겠군. 아니, 오히려 단단한 발판이 있는 만큼 기동력이 올라갈지도 모르겠어."

　카스미가 그런 생각을 하고 있을 때, 보스의 핵이 다시 이동하고 아까보다 숫자가 조금 늘어난 보스의 분신이 나타난다.

"【혈도】!"

카스미의 HP를 대가로 다시 붉은 칼이 퍼져 나가서, 이번에도 다시 모든 핵을 파괴하는 데 성공했다.

"이 숫자라도 다 잡을 수 있는가. 음, 【자환도】보다 더 쓰기 편하군. 위력은 조금 떨어지지만……."

카스미가 자신의 역할을 다했을 때, 그제야 보스가 핵을 계속 파괴하는 카스미를 노리기 시작했다.

하지만 보스의 공격 자체는 움직임이 느린 탓에 【AGI】 스테이터스가 높은 카스미를 붙잡지 못했다. 움직임이 느린 정도가 아니라 아예 움직이지 않는 메이플이기 때문에 보스가 일방적으로 공격할 수 있었던 것이다.

"슬슬 빗방울 말고 다른 원거리 공격도 사용할 때인가."

더구나 행동 패턴을 파악하고 있기 때문에 애초에 궁지에 떨어질 리가 없었다.

결국 사리는 빗방울을 전혀 지상으로 떨어뜨리지 않고 다 처리하여, 보스에게 유리한 필드를 만들게 하는 일은 없었다.

또한 메이플의 탄환이 떨어지는 일도 생기지 않았고, 카스미가 쓰러지는 일도 없었다.

모든 것은 예정대로 끝난 것이다.

마지막 피의 칼이 핵을 꿰뚫고, 보스가 흐물흐물 녹아 무너져 내린다.

"아, 비밀 병기인 옥좌를…… 못 썼네."

조금 슬퍼 보이는 메이플 앞에 얼음 기둥을 타고 사리가 내려온다.

"하…… 처음으로 제대로 실전에서 써 봤는데, 아, 피곤해. 날아다니는 레벨로 설계되지는 않은 것 같으니까 어쩔 수 없나."

중얼거리면서 사리는 기지개를 쭉 켰다.

"사리, 굉장했어!"

"음, 그래? 고마워. 이걸로 메이플 옆을 날아다……니는 건 아무래도 무리겠지만, 어딘가에서 함께 공중전을 할 수 있을지도 모르겠네."

"이봐, 다들 여길 봐! 드롭 아이템이다―!"

카스미가 부르자 두 사람은 카스미 쪽으로 가서 아이템을 줍고 각자 효과를 확인했다.

【비수정】

맞으면【AGI】를 50% 저하시키는 물덩어리를 최대 3개 생성한다.

재사용 대기 시간 1분.

사리는 효과를 확인하고 시험 삼아 한번 써 봤다. 그러자 직경이 50센티미터 정도 되는 물덩어리가 생성되어 둥둥 떠다닌다.

"다만 물덩어리는 뭐든 대미지를 받으면 없어지는 모양이다. 어떨는지⋯⋯. 사리라면 발판으로 삼는 것도 가능한가?"

"그 생각은 해 봤어. 시험해 봐야지. 맞히는 건 어려울 것 같고."

사리는 【얼음 기둥】과 조합하여 보다 오래 하늘을 달릴 수 있지 않을까 생각했다. 그런 생각도 있어서 이번에 여기 온 것이었다.

"나는 어떡할까⋯⋯. 누군가 눈앞에 왔을 때나 써 볼까."

눈앞까지 접근했을 때 사용하면 효과적이기는 하지만, 메이플에게 순식간에 사용할 여유가 있을지는 의문이다.

이제 5층에서 할 일도 마쳤고, 메이플 일행은 다음 이벤트 혹은 새 층이 추가되기를 기다리며 하루하루를 보내야 한다.

"돌아갈까."

"그래, 그러자."

용건도 끝나 돌아가려던 두 사람을 보고 메이플은 잠시 생각하더니 장난스럽게 웃으며 스킬명을 외쳤다.

"⋯⋯【천왕의 옥좌】!"

메이플의 목소리와 함께 메이플의 뒤에 하얀 옥좌가 나타난다.

"어……!?"

"응!?"

두 사람은 무슨 일인가 하여 메이플 쪽을 보고, 주위를 확인했다.

"우훗, 보여주고 싶었단 말이야. 어때, 놀랐어? 예쁘지!"

그렇게 말하고 메이플은 미소를 지었다.

"아니…… 예쁜 거랑은 다른 의미로 깜짝 놀랐어."

"그래, 하지만 평소대로라 조금 안심했다. 나는."

"……?"

메이플은 카스미가 하는 말을 이해할 수 없었다.

2장 방어 특화와 6층으로.

시간은 흘러 3월 초.

5층의 어느 던전에 다음 층으로 넘어갈 수 있는 길이 마련되었다.

먼저 출발한 부대에 이어 메이플을 비롯한【단풍나무】도 던전으로 향하려 하고 있었다.

"이번 보스는 구름으로 된 해파리라는군. 상태이상을 몇 종류인가 사용하는 모양이다."

카스미가 간단하게 보스의 정보를 이야기한다.

크롬과 사리가 그 말을 듣고 크롬이 먼저 입을 열었다.

"물리 공격은 통하나?"

"그래."

"오늘은…… 마이와 유이도 있네요."

사리가 덧붙인다.

그 말을 듣고 크롬이 다시 한 번 질문한다.

"방어 관통 공격은 있어?"

"지금으로선 확인되지 않았다."

카스미가 그렇게 말하자, 크롬은 크게 한 번 숨을 내쉬고 씨익 웃으며 말했다.

"이겼군."

"그렇죠."

"그렇지."

오늘은 【단풍나무】 멤버 전원이 길드 홈에 있다.

그렇다면 완벽한 상태로 보스를 칠 수 있다.

세 사람이 승리를 확신하는 것은 결코 자만심이 아니라, 당연한 일이었다.

세 사람이 그런 이야기를 하고 있는데 길드 홈 안쪽에서 이즈를 선두로 나머지 다섯 명이 준비를 갖추고 거실에 나왔다.

"갈까! 팍팍 해치우고 6층으로 간다."

"그럼 시럽에 타고 갈까?"

메이플의 제안에 모두가 찬성해서, 【단풍나무】 멤버들은 시럽의 등에 타고 두둥실 날아서 구름의 바다를 이동했다.

"도착!"

메이플이 지면에 시럽을 내리고, 머리를 쓰다듬고 나서 반지로 되돌린다.

여덟 명 앞에는 구름으로 된 던전 입구가 마치 맞이하듯이 입을 벌리고 있다.

"이제 출발할까?"

"메이플이 선두, 나와 카스미가 최후미에서 간다. 뭐, 만약을 대비할 뿐이야."

크롬의 말마따나 정말로 만약을 대비한 행동이다. 그렇게 말하는 도중에 이미 메이플이【헌신의 자애】를 발동했기 때문이다.

"뭐, 갑자기 스킬 해제가 뜰지도 모르니까 말이지……."

마이와 유이를 사이에 에워싸듯 해서 일행은 좁은 통로를 따라 이동한다.

마이와 유이는 대부분의 경우, 제 실력을 발휘하게 될 보스전까지는 보호받는 입장이 된다.

"뭐, 나는 메이플만 있어도 이길 수 있다고 생각한다만."

"나도 그렇게 생각해."

카스미와 크롬이 그런 이야기를 하는 중, 메이플의 방패가 달려든 번개구름을 언제나처럼【악식】으로 삼키고 있었다.

"가라—! 가라아—!"

기습당할 걱정이 없는 좁은 길에서는 방패를 내밀고 있기만 해도【악식】이 있는 한 몬스터는 어쩔 도리가 없는 것이다.

만약 혼자였다면 통로를 독으로 메울 테니 이번에는 살살 하는 편이라고 할 수 있으리라.

메이플의 행진을 막을 수 있다면, 애초에 잔챙이로 길목에 있을 몬스터가 아닌 것이다.

메이플만 있다면 길을 헤매거나 던전을 깜빡 착각하는 등의 위험도 있겠지만, 이번에는 사리가 진행 방향을 가르쳐 줘서 보스방 앞에 도착하기 쉬웠다.

보스방 문을 열고 전원이 안으로 발을 들이자, 전부 구름으로 된 방의 천장 부분이 부풀기 시작했다.

그리고 그 부분이 찢어지더니 천천히 촉수 모양 구름이 뻗어나와 해파리의 모습을 만들었다.

"오오—! 부드러워 보여!"

"독이 있지만. 메이플, 적당히 상대하고 있어 줄래?"

"오케이!"

메이플은 덤벼드는 해파리와 옥신각신하기 시작한다.

촉수의 마비 효과는 메이플에게 통하지 않으므로, 그냥 감촉이 좋기만 할 뿐이다.

촉수가 세게 때리든 말든 변함없고, 오히려 촉수가 튕겨나가는 상태였다.

그리고 그 뒤쪽, 메이플의 비호 아래 아슬아슬한 위치에서 대량의 버프가 걸린 마이와 유이가 공격 기회를 노리고 있었다.

그리고 잠시 후.

"응, 갑니다!"

"괜찮을 것 같아요……!"

메이플이 주의를 잘 끌어 준 것을 확인한 두 사람은, 자기 키보다 큰 망치를 두 자루 들고 해파리 쪽으로 걸어간다.

"아, 해파리야. 미안해. 우리도 널 잡아야 하거든."

다가오는 두 사람을 눈치챈 메이플은 조금 아쉬운 듯이 푹신푹신한 촉수를 떼어내더니 해파리에게서 떨어졌다.

""【더블 스탬프】!""

"더 가자, 언니!"

"응, 알았어……!"

해파리는 몸을 몇 번이나 두들겨 맞고, 촉수로 구속할 틈도 없이 날려가 부슬부슬 부서져 구름덩어리가 되고 말았다.

"나는 물리 내성이 없었던 게 문제였다고 생각해."

"어머, 나도 그래."

마이와 유이를 강화해 일격 레벨까지 끌고 간 것은 주로 이 두 사람, 카나데와 이즈다.

하지만 참상의 원인 중 하나인 두 사람의 말도 일리가 있는 것처럼 들렸다.

이렇게 해서 여덟 명은 딱히 고전하지도 않고 아직 보지 못한 6층으로 향했다.

"어떤 곳일까, 사리."

"음. 6층의 정보는 아직 조사하지 않았어. 후훗, 신선한 기분으로 메이플이랑 6층에 가고 싶었거든."

"에헤헤, 나도 기대돼!"

"어떤 곳이든 괜찮지만…… 웹 슈터로 공략할 수 있는 곳이면 좋겠다."

그리고 새로운 층으로 이어지는 출구가 보였다.

여덟 명 앞에 펼쳐진 풍경은, 일대에 펼쳐진 황야와 남아 있는 낡은 묘표였다.

어두침침하고 약간 안개가 낀 구역은 하늘에 뜬 달빛을 받아 불길하게 보인다.

"오오…… 응?"

풍경을 보고 있던 메이플은 누군가에게 오른손을 꽉 잡혀 그쪽을 봤다.

"괘, 괜찮지 않았어……."

딱 봐도 안색이 나쁜 사리가 있었다.

어떤 게임에든 흔히 있는 호러 존이 〈New World Online〉에서는 바로 6층에서 등장한 것이다.

메이플 일행은 평소대로 우선 길드 홈으로 가기로 했다.

그사이 사리는 계속 메이플의 오른손을 꼭 잡고, 평소 탐색할 때와는 다른 이유로 두리번두리번 불안하게 시선을 움직이고 있었다.

　길드 홈의 외관은 폐가였지만, 안에 들어가 보니 지금까지처럼 지내기 편한 쾌적한 환경이 펼쳐져 있다.

　각자 자기 방으로 가거나 설비 위치를 확인하려고 로비에서 떠나가고 메이플과 사리만이 거실에 남았다.

　"하아……. 이제 살 것 같아."

　사리는 숨을 크게 내쉬고 패널을 조작해 로그아웃 표시를 불러낸다.

　"안녕…… 메이플. 7층이 추가되면 돌아올게……."

　"엑?"

　사리는 힘없이 미소 짓고는, 메이플의 대답도 듣지 않고 도망치듯이 사라졌다.

　실제로 도망친 거지만, 사리가 호러를 싫어하는 것을 잘 아는 메이플은 그래도 어쩔 수 없다고 생각했다.

　"사리랑 같이 탐색할 순 없으려나."

　메이플이 아픈 걸 싫어하는 것처럼, 사리도 싫어하는 것이 있다.

　"저렇게까지 말한 걸 보면…… 안 돌아오겠지―."

　메이플은 이번만큼은 포기하고 혼자서 마을을 돌아다니기로 했다.

메이플은 길드 홈을 나와 어느 쪽으로 갈까 하고 좌우를 확인한다.

"응! 사리가 돌아왔을 때 6층에 대해 전부 가르쳐 줄 만큼 돌아다니자!"

메이플은 그렇게 단단히 마음을 먹고 달빛이 비추는 밤길을 걸어갔다.

"우와…… 어디나 폐가밖에 없네. 아마 안쪽은 평범하겠지만…… 응!?"

가끔 나오는 완전히 무너진 폐가 옆을 지나가면 미지근하거나 차가운 바람이 목덜미를 훅 쓰다듬는다.

메이플이 뒤를 돌아보아도 그곳에는 아무것도 없었다.

"사리는 밤에 마을 안도 못 돌아다니겠는걸."

창문에는 파란 도깨비불이 흘깃 비치기도 해서, 메이플보다 감각이 예민한 사리라면 그런 것을 더 의식할 것이다.

"일단, 아무 가게나 들어가 보자!"

메이플은 그렇게 말하고 흐릿한 불빛이 보이는 가게로 들어갔다.

메이플이 탐색하고 있을 무렵.

현실세계에 돌아온 리사는 침대에서 굴러다니고 있었다.

"아, 못 해, 못 버텨. 뭐, 딱히 상관없겠지. 다른 층에서 레벨업하면 돼."

리사는 미련이 없다는 듯이 뒹굴거리고 있었지만, 잠시 후에는 6층의 정보를 모으기 시작했다.

그리고 먼저 튀어나온 것이 MP 증가 계열 스킬을 입수할 수 있다는 정보였다.

"카나데는 구하려나……. 나도 좀…… 레이스? 스켈레톤? 안 돼, 못 해."

출현하는 적을 보고 리사가 혼잣말을 흘린다.

리사는 그 후로도 정보를 수집해서, 아직 적긴 해도 알기 쉬운 장소에서 입수할 수 있는 스킬이나 아이템은 조사할 수 있었다.

그러다 나온 것이 상태이상을 부여하는 스킬에, 낮은 확률로 일부 아이템의 효과를 2배로 만드는 스킬. 그리고 【AGI】 강화에 가속 스킬.

게다가 공중에 투명한 발판을 하나 만들 수 있는 신발의 정보도 있었다. 3층의 비행기계는 다른 층에서 사용할 수 없기 때문에 이 아이템이 있으면 3층에서만 된다며 포기하고 있었던 움직임을 또 할 수 있을지도 모른다.

"아아— 우우…… 크윽, 웅—! 아아……."

이상한 소리로 신음하면서, 리사는 화면에 손가락을 대고 확인한다. 그러나 화면에 뜬 글자는 달라지지 않았다.

그리고 리사는 다시 게임을 시작할 준비를 했다가는 그만두고, 다시 한번 시작하려고 했다가 그만두기를 되풀이하며 방 안을 빙빙 돈 끝에, 그날은 결국 침대에 축 늘어졌다.

3장 방어 특화와 유령 저택.

6층에 오고 나서 약간 시간이 지난 어느 날.

오늘도 메이플은 평소처럼 NWO에 로그인해 있었다.

지금은 【대천사】 장비를 점검하려고 길드 홈에 있었다.

메이플은 상처가 없어도 장비에는 상처가 난다.

"……이만큼이나 방어구에 상처가 생긴 걸 보면 몬스터의 공격력도 충분히 강해졌다는 게 실감이 되네."

"저도 힘내서 방어력을 올려야겠어요!"

"회복 포션을 보충하지 않는다는 사실이 모든 걸 말해주고 있구나……."

메이플은 이즈에게 장비를 받아들고 【퀵 체인지】 슬롯에 다시 세팅했다.

"좋아, 오늘도 탐색하자!"

메이플이 길드 홈에서 나오려고 할 때, 문을 열고 의외의 인물이 안으로 들어왔다.

"엇? 사리!?"

"아…… 메이플."

"에엑!? 사리, 온 거야?"

사리는 예상 밖이라는 내색을 하는 메이플에게 여기 온 이유를 이야기했다.

이유인즉슨, 어떻게든 구하고 싶은 것이 많기 때문이라나.

그러나 필드에 나가서 곧바로 무리라는 걸 깨닫고, 누군가에게 도움을 요청하려고 돌아왔다는 것이다.

"오케이, 오케이. 그럼 내가 도와줄게! 때마침 특별히 할 일도 없었거든."

"정말…… 감사합니다……."

"그럼, 얼른 가자!"

이렇게 해서 메이플은 평소와는 다르게 얌전한 사리의 손을 잡고 길드 홈을 나갔다.

메이플은 사리의 손을 잡고 필드로 나가 시럽을 불러내 거대화시키더니, 등딱지 위에 타고 다정하게 쓰다듬으며 말을 걸었다.

"잘 부탁해.【헌신의 자애】!【천왕의 옥좌】!"

시럽의 등딱지 위에 옥좌가 출현하고, 메이플은 거기 앉았다. 사리는 그 앞에 앉아 눈을 감고 있다.

메이플은 그대로 시럽을 띄워 대기시켰다.

"사리, 목적지는?"

"마을에서 서쪽으로 가다 보면 서양 저택이 있으니까……
거기로."

"알았어. 서쪽이구나—."

메이플은 시럽의 몸을 휙 돌려서 서쪽으로 이동하기 시작했
다.

"하아…… 여기부터야……. 싫다."

사리는 두 손으로 얼굴을 덮고 등딱지 위에 앉아 동그랗게
웅크리고 있었다.

순조롭게 두둥실 나아가다가 메이플이 갑자기 큰 소리를 냈
다.

"앗!"

"어? 왜 그래……."

메이플의 목소리에 반응해 사리가 얼굴을 든다.

그러자 눈앞에 창백한 얼굴을 한 여성이 떠 있었다.

여성이 사리의 얼굴에 손을 스윽 뻗어 만지려 한다.

"…………!!"

"【포신 전개】, 【공격 개시】!"

사리가 메이플에게 뛰어들고, 동시에 유령이 총탄에 의해
안개처럼 흩어졌다.

"꽤 가까운 곳에 나왔네."

"저, 저, 저거! 아, 안 되잖아!"

사리가 메이플에게 달라붙은 채 허공을 가리키며 말한다.

"옥좌 덕분에 그냥 만지기만 할 뿐이니까 안심해!"

"으에엥……."

"하지만 못 없앤 것 같아. 금방 또 다가오잖아. 아, 두 명 나왔다!"

유령이 괴로운 듯이 신음 소리를 내며 흐늘흐늘 다가온다.

"제령합니다!"

머플러를 얼굴에 둘둘 감기 시작한 사리는 방치하고, 메이플은 유령을 쫓아냈다.

잠시 후, 아래에 허름해진 서양 저택 같은 큰 건물이 보였다.

그 주변은 다른 장소에 비해 안개가 짙어서 전체적인 모습은 제대로 확인하기 어려울 것 같다.

"사리! 도착했어. 으음, 아마도……. 확인해 볼래?"

"아무것도 없어?"

"음, 없어! 괜찮아."

메이플이 주위를 확인하고 말하자, 사리는 머플러를 걷고 그 틈새로 아래쪽을 확인한다.

"응. 괜찮아, 맞아. 좋아…… 좋아! 가자!"

"그럼 내릴게."

메이플이 천천히 시럽을 내리고 사리의 손을 잡고 땅에 내려선다.

그리고 옥좌를 없애고 시럽을 일반 사이즈로 되돌린다.

몸집이 커진 시럽은 서양 저택 안에서 제대로 움직일 수 없기 때문이다.

아무래도 탐색 중에 머플러를 얼굴에 감고 있을 수는 없어서, 사리도 평소의 모습으로 돌아왔다.

"한번 안 되겠다고 생각하면 무리야……. 마음을 무로 돌리자, 무로 돌리자……."

"간다? 사리."

"자, 잠깐만, 아직 마음의 준비가……."

"……옛날에 한 시간이 걸려도 준비가 안 됐던 거 아니까, 난 마음을 독하게 먹을 거야!"

메이플은 과거에 사리가 유령의 집에 들어가기 전에 한 시간 동안 마음의 준비를 하고서는 울면서 도망친 것을 기억하고 있었다.

메이플은 아직 병기를 전개한 상태였다.

따라서 사리가 도망치지 못하게 반쯤 열린 문을 향해 자폭 비행으로 뛰어든다는 선택을 한 것도 어쩔 수 없었다.

사리의 성격을 잘 아는 메이플이 다소 무리한 행동을 취한 건 사리를 위한 일이나 다름없다.

"호쾌하게 실례합니다──!"

"아아아아아아악!!"

그리고 굉음과 함께 두 사람은 서양 저택에 뛰어들었다.

◆ □ ◆ □ ◆ □ ◆ □ ◆

메이플이 사리를 데리고 서양 저택으로 뛰어들자 뒤에서 문이 쾅 닫혔다.

"자아, 사리, 일어나, 일어나! 목적이 있잖아?"

"아…… 응. 메이플…… 떨어지지 마."

"물론!"

메이플은 사리의 손을 잡아 일으키고는 주위를 둘러봤다.

상당히 큰 서양 저택인 듯하고, 지금 있는 현관 같은 입구에서 볼 때 정면과 좌우에 문이 세 개.

거기에다 계단이 있고 2층에도 문이 보였다.

천장에는 너덜너덜한 샹들리에가 있다.

벽에 붙어 있는 촛대 위에서 작아진 양초가 일렁거리며 작은 빛을 밝히고 있었다.

"넓네. 그런데 어디로 가면 돼?"

메이플이 사리에게 묻는다.

"으음…… 어라? 제대로 조사를 안 했어."

사리가 조사한 정보에는 구멍이 몇 개나 있었다.

그것은 정보가 아직 완전히 모이지 않았다기보다는, 평소대로 정보 수집을 하지 못했기 때문이었다.

"그럼 전부 돌아보는 수밖에 없겠네."

메이플이 말하자 사리는 머리를 도리도리 저었다.

"제대로 조사하고 나서 다시 오자. 그러자, 응? 지금 이대로 탐색해도 효율이 안 좋고, 몬스터도 약하지 않아. 전투 횟수도 늘어날 테고, 최단거리를 확인하고 나서……."

그렇게 말하기 시작한 사리를 메이플이 눈을 가늘게 뜨고 빤히 보자 사리는 입을 다물었다.

"안—돼. 얼른 탐색해서 끝내버려야지? 자, 내가 있으니까 괜찮아!"

"응……."

메이플이 있는 동안에는 계속 발동하는 【헌신의 자애】로 기본적으로 모든 공격으로부터 보호받을 수 있다.

사리가 몸도 가누지 못하고 덜덜 떨고 있어도 당할 가능성은 매우 적은 것이다.

"그럼 내 감으로…… 오른쪽!"

메이플이 오른쪽 문까지 걸어가 문을 연다.

그러자 먼지가 약간 날린 뒤 문 너머로 뻗은 복도가 보였다.

메이플은 귀에 손을 대고 복도 저편에 귀를 기울여 봤지만 딱히 소리는 나지 않았다.

"응. 아무것도 없는 것 같아."

메이플은 그렇게 말하고 복도를 나아간다.

긴 복도에는 왼쪽으로 꺾이는 곳이 몇 군데 있었다.

또 그뿐 아니라 방으로 이어지는 문도 있어서 조사할 장소는 많을 것 같았다.

"어디부터 갈까…… 우왓!"

메이플이 다리에서 이상이 느낌이 들어 아래를 본다.

그러자 걸어가려던 메이플과 사리의 발을 지면에서 뻗어 나온 무수한 투명한 흰 손이 붙잡고 있었다.

손은 조금씩 뻗어와 몸을 붙잡는다.

그리고 오는 도중에도 있었던 그 여자 유령이 벽에서 스르르 빠져나와 두 사람에게 다가온다.

"메, 메메메, 메메메이플!"

"기다려 봐!"

메이플은 병기를 검으로 바꾸고, 단도를 쥔 오른손을 커다란 검으로 만들어 발밑의 손을 공격해 뿌리친다.

이것도 없애지는 못했지만 스윽 사라져갔다.

메이플은 사리의 발밑에 달라붙은 손도 조심스럽게 베어내고, 여자 유령도 다시 전개한 병기의 총탄으로 꿰뚫었다.

"후우. 좋아! 이제 괜찮아."

"응…… 메이플이랑 같이 와서 다행이야."

계속 약해져 있는 사리는 이미 반쯤 마음이 꺾인 것 같았다.

사리가 말한 대로 한번 안 된다고 생각해 버리면 그걸로 끝인 것이다.

"서둘러 탐색하고 돌아가자!"

메이플이 걷기 시작했을 때, 두 사람의 발밑이 흐린 푸른색으로 빛났다.

평소의 사리라면 메이플을 대피시키고 자신도 도망치는 것
쯤은 쉬웠을 것이다.

하지만 지금의 사리는 그렇지 못했다.

빛이 커지고, 깨달았을 때 두 사람은 전이하고 있었다.

빛에 감싸이는 와중에 긴급사태라는 걸 깨달은 사리의 감각
은 알고 싶지도 않았던 느낌을 선명하게 전달해 왔다.

그것은 붙잡고 있던 메이플의 손이 슥 사라지는 감각이었다.

빛이 희미해지고, 사리가 눈을 떴을 때는 눈앞에 처음 보는
복도가 펼쳐져 있었다.

"메, 메이플? 어, 어디야……? 힉……!"

떨리는 목소리로 메이플을 부르는 사리의 왼쪽 어깨를 누가
뒤에서 툭 쳤다.

사리는 흠칫 놀라 몸을 펴고 굳어서, 본능적으로 왼쪽 어깨
를 확인하고 말았다.

그곳에는 명백하게 산 사람과 다른 희고 가는 손이 있었다.

이상하게 차가운 가는 팔이 눈을 부릅뜨고 경직되어 있는 사
리를 그대로 뒤에서 끌어안는다.

"앗…… 아, 아, 안, 와아아아아아악!!"

사리가 소리를 지르며 달려 나가자 그 팔에서 스르륵 빠져나
갈 수 있었다.

사리는 그대로 도망쳐 어느 방으로 뛰어들었다.

"하, 하악, 하악. 로, 로그아웃……."

사리가 로그아웃하려고 패널을 꺼낸 순간, 패널에 붉은 손자국이 탕탕 소리를 내며 나타난다.

"히익……."

졸지에 긴장 상태에서 돌아온 사리의 냉정한 부분이 어떤 정보를 생각해낸다.

일부 구역의 로그아웃 제한. 그리고 그곳에 있는 배회 몬스터의 성질이다.

닿을 때마다 【AGI】가 감소되고, 0이 되었을 때 즉사공격이 날아온다는 정보다.

그곳은 평소처럼 움직이면 탈출하기는 쉬운 구역이었다.

"쪼, 쫓아온다……."

시간 여유는 아직 충분하고, 멈추지 않고 조심해서 저택을 돌아다니면 쉽게 붙잡힐 리도 없다.

물론, 사리에게는 쉽지 않을 것이 뻔했다.

사리가 날아간 것과 마찬가지로 메이플도 다른 장소로 날아갔다.

"어어…… 사리?"

메이플이 주위를 확인했지만 사리는 보이지 않았다.

메이플이 있는 곳은 어느 방이었다.

문짝이 떨어져 나간 옷장과 먼지가 쌓인 침대. 시트는 너덜너덜해졌고 바닥은 여기저기 벗겨졌다.

"찾아야 해!"

밖으로 나가려고 손잡이를 잡았지만 돌려도 철컥철컥 소리가 날 뿐 문이 열리지 않는다.

열쇠 구멍도 없고, 열리지 않는 이유는 알 수 없었다.

"어휴…… 정말! 부술 수 있을까? 시험해 볼까."

메이플은 그렇게 말하며 총구를 문으로 향한다.

그때 뒤에서 삐걱 소리가 들려서, 메이플은 돌아봤다.

그러자 마치 어둠을 굳혀서 만든 것처럼 한없이 시커먼 그림자가 느릿느릿 일어나고 있는 참이었다.

"자, 잠깐, 【천왕의 옥좌】!"

메이플은 서둘러 옥좌를 불러내서 뛰어들듯 앉았다.

"평소엔 사리처럼 확실하게 확인할 수 없지만, 이거라면!"

메이플은 찬찬히 그림자의 행동을 본다.

사람 모습에 가까운 검은 그림자는 앞으로 손을 뻗으려고 하지만 아무것도 일어나지 않는다.

"일단은…… 괜찮을까? 그럼 【공격 개시】!"

메이플이 총탄을 쏘지만 휙휙 통과해 맞은편 벽에 맞았다.

그림자는 그대로 다가와 직접 메이플을 공격하지만 별다른 문제없이 막을 수 있었다.

"으음, 역시 물리 공격으로는 어쩔 방법이 없나……. 이걸 잡으면 문이 열리려나? 음…… 이얍!"

메이플은 상반신을 기울여 그림자의 몸통에 머리를 들이대 봤다.

하지만 거기서 입을 움직여 봐도 스르르 빠져나갈 뿐이다.

"완전 틀렸네. 응? 아, 맞다!"

메이플은 어떤 생각을 떠올리고 인벤토리를 조작해 아이템을 꺼냈다.

그것은 빛의 왕의 발끝에 집요하게 대미지를 가했던 종이의 여분이었다.

불꽃과 바람 속성은 빛의 왕에게 통하지 않았기 때문에 대량으로 남아 있었던 것이다.

"불타면 무서우니까 바람으로…… 찰싹!"

메이플이 아이템을 사용하자 바람이 방안을 휩쓸어 눈앞의 그림자를 가른다.

"됐다, 이건 통했어! 이것 봐라, 한 장 더!"

메이플은 계속해서 찰싹찰싹 붙인다.

다른 몬스터보다 조금 강한 수준의 잡몹인 검은 그림자는 아이템을 열 개 사용하자 소멸했다.

바로 코앞에서, 스킬이 아니라 붙여서 쓰는 타입의 아이템을 굳이 쓰는 플레이어는 적기 때문에 화력은 다소 높게 설정되어 있었다.

그리고 그림자가 사라짐과 동시에 뒤에서 철컥 하고 문이 열리는 소리가 들렸다.

"열린 걸까? 열쇠 구멍은 없었는데."

메이플은 옥좌를 없애고 문손잡이를 돌린다.

그러자 조금 전과는 달리 문이 스르르 열렸다.

"됐다! 나갈 수 있어!"

메이플은 또 갇히지 않게 서둘러 방에서 나갔다.

"바닥을 조심하면서 사리를 찾자. 또 날아가면 싫으니까."

메이플은 타다닥 뛰어서 복도를 나아갔다.

그런데 그 무렵 사리는 어땠는가 하면, 굴러들어간 방에 있었던 책상 밑에 숨어 떨고 있었다.

밖에는 나가려야 나갈 수 없었기 때문에 오로지 메이플을 기다릴 수밖에 없었던 것이다.

"마, 맞다…… 메시지."

사리는 메이플에게 메시지를 보냈다.

쓰여 있는 내용은 로그아웃도 못 하니까 도와 달라는 것뿐으로 상황을 호전시킬 수 있는 요소는 하나도 없었지만, 평소의 냉정함을 잃은 사리는 그런 사실도 깨닫지 못했다.

"한동안은 여기 있자……."

사리가 말하는 한동안이란 메이플이 올 때까지를 의미한다.

말하자면 '계속'과 동의어였다.

하지만 이 구역은 그런 사리를 봐주지 않는다.

끼익 소리를 내며 방문이 열린다.

책상 밑에 있던 사리에게는 보이지 않지만 확실하게 무언가가 걸어온다.

그 소리를 듣고 사리는 두 손으로 입을 막고 숨을 멈추고 기척을 죽였다.

망가진 바닥이 삐걱삐걱 소리를 낸다.

소리는 천천히 책상 쪽으로 다가오더니, 마침내 사리의 눈앞에 창백한 발이 보였다.

"……윽!!"

그냥 지나가기를 빈 사리의 기도가 통했는지, 산 자의 것으로 보이지 않는 발은 그대로 사리 앞을 지나갔다.

"…………."

사리가 안심한 그때, 메시지 수신음이 울렸다.

다정한 메이플이 답장하지 않을 리가 없었다. 문제는 그것에 놀라 사리가 쿵 소리를 내고 말았다는 것이었다.

빠르게 다가오는 발소리에 사리는 책상 밑에서 굴러나와 우당탕거리며 방을 빠져나왔다.

"메이플! 메이플! 살려줘어어!"

무심결에 지른 소리에 반응해 준 것은 벽과 지면에서 튀어나오는 손과 몸이 뜯기고 피범벅이 된 아이의 유령이었다.

"【초가속】! 초가속, 초가속!"

사리는 마구잡이로 달려 다른 방에 들어갔다.

하지만 애초에 서양 저택의 모든 장소에 넘쳐나는 유령을 떨쳐버릴 수는 없었다.

길을 잃고도 정신없이 뛰어다니던 사리는 점점 깊숙한 곳으로 흘러들어갔다.

"흐윽…… 훌쩍…… 윽."

도망치고 또 도망치고, 방을 옮기고 또 옮기고.

그사이 사리는 몇 번이나 그 차가운 팔에 붙잡혔다.

애초에 제대로 도망칠 수조차 없는 것이 현재 상황이다.

유령이 오크나 고블린처럼 생겼다면, 사리는 만지려고 다가오는 팔을 쉽게 피할 만한 능력을 가지고 있었다.

그러나 그 능력을 발휘할 수 없으면, 스테이터스 면에서 조금 날쌘 수준의 흔한 플레이어에 지나지 않는다.

사리의 【AGI】는 이미 4분의 1까지 감소했다.

평소와는 다른 감각이 안 그래도 떨어진 회피 능력을 더욱 저하시키고 말았다.

그 탓에 사리가 붙잡히는 페이스는 차츰 빨라지고 있었다.

결국, 마침내 완전히 마음이 꺾인 사리는 옷장 속에 틀어박혀 눈을 감고 떨고 있었다.

메이플에게는 옷장 안에 있다는 것과 답장은 필요 없다는 내용을 첨부해 메시지를 보냈다. 이미 알아서 살아남자는 생각은 머릿속에 조금도 없었다.

"메이플…… 훌쩍…… 빨리 와……."

코를 훌쩍거리며 중얼거리는 사리에게 대답하는 사람은 아무도 없다.

이때 사리에게 천천히 다가오는 것이 둘 있었다.

하나는 사리를 쫓아오는 유령이고, 다른 하나는 겨우 사리가 있는 층에 올 수 있었던 메이플이었다.

우연히도 마침내 가까이 온 메이플은 방을 하나하나 탐색하고 있었다.

"사리가 어디 있는지 모르겠어. 방을 보면서 돌아다니고 있는데 없네……. 하지만 죽지도 않은 것 같아."

파티 상태인 사리의 스테이터스나 대략적인 현재 위치는 확인할 수 있다. 아직 이 유령 저택 안에 있는 것은 틀림없었다.

메이플은 가는 길에 있는 모든 유령에게 마치 제령 부적을 붙이듯이 아이템을 세차게 던지고 있었다.

그러던 메이플 앞에 피투성이 아이 유령이 나타나 천천히 다가온다.

"으…… 성불해 주세요! 우왓!?"

메이플이 아이템을 꺼내려 하자 빨간 손자국 자국이 패널을 뒤덮는다.

"깜짝 놀랐어……. 앗, 아이템, 아이템."

메이플은 마음을 진정시키고 아이템을 꺼내 아이 유령에게 붙인다.

아이 유령은 불타올라 조용히 사라졌다.

메이플은 다음 아이템을 꺼내려고 인벤토리를 만졌다.

그때 로그아웃할 수 없음을 알아차렸다. 메이플은 한동안 그대로 주위를 걸어 다녀보고 딱 로그아웃이 가능해지는 장소와의 경계를 발견했다.

"이게 사리가 말했던 로그아웃 제한……. 그럼 사리는 이 구역 어딘가에 있는 걸까?"

메이플은 겨우 도착했다고 작게 승리 포즈를 취했다.

"하지만…… 음, 사리는 괜찮을까."

지금까지 탐색한 장소보다 끔찍하게 생긴 유령이 나온 것을 보고 메이플은 사리를 걱정했다.

"응. 안 괜찮을 거야! 빨리 찾아야지!"

메이플은 분위기가 바뀐 복도를 방패를 들고 경계하면서 서둘러 나아간다.

"사리는…… 대답이 없네. 분명 울고 있을걸……."

메이플은 메이플대로 귀를 바싹 기울이면서 사리의 목소리가 들리지 않는지 주의하며 방을 구석구석 조사해 나간다.

"아, 맞다! 사리한테 근처까지 왔다고 전해 두자!"

메이플은 사리에게 메시지를 보내고 다시 수색을 재개했다.

메이플이 보낸 메시지가 사리에게 도착한다.

사리는 그 메시지를 읽고 희망의 빛에 살았다는 표정을 지었다.

"아, 발소리……! 메이플?"

발소리가 방 앞에서 멈추고, 문이 열리는 소리가 났다.

문을 열고 오른쪽 벽에는 사리가 들어간 옷장이 있다.

"조금만……."

사리는 옷장 문을 조금만 열고 들어온 사람을 확인한다.

직전에 메이플에게 메시지를 받은 사리는 이때 들어온 자를 메이플이라고 믿고 있었다.

어떻게든 도움을 받고 싶다는 생각 때문에 판단을 잘못한 것이다.

가녀린 팔, 혈색이 없는 피부.

처음 보는 얼굴. 길게 늘어뜨린 앞머리 너머에 있어야 할 안구는 이미 없고, 새카만 구멍에서는 끈적끈적한 썩은 피가 눈물처럼 흐르고 있었다.

한순간이지만, 사리와 유령은 확실하게 눈이 마주쳤다.

마주치고 만 것이다.

"힉……!"

사리가 황급히 옷장을 닫지만, 바닥을 밟는 소리가 다가온다.

"시, 싫어, 싫어!"

사리가 문을 붙잡지만 떨리는 손으로는 잘 막을 수가 없어, 천천히 문이 열린다.

그리고 문 틈새로 유령의 검디검은 눈구멍이 사리를 빤히 보고 있었다.

"아……."

사리의 몸에서 모든 힘이 빠지고, 옷장 바닥에 털썩 주저앉고 말았다.

문이 활짝 열리고 유령이 천천히 사리에게 손을 뻗는다.

유령 주위에는 시커먼 그림자가 넘쳐나고 눈구멍에서는 끈적끈적한 피가 흘러내린다.

"잘못했어요…… 잘못했어요……."

"【천왕의 옥좌】!"

사리가 이제 어쩔 도리도 없이 사죄하기 시작했을 때, 열려 있던 문으로 메이플이 뛰어들었다. 메이플은 당장에라도 사리를 구출하려고 옥좌를 불러내 서둘러 앉는다.

퍼지는 빛의 필드가 유령의 발밑까지 닿아, 불길한 검은 그림자는 확 사라졌다.

"사리! 괜찮아!?"

"웃, 우우우…… 메이프을……."

사리는 옷장에서 나와, 옥좌에서 움직일 수 없는 메이플에게 달라붙었다.

"다행이여……. 그런데 이거 어떡하지."

메이플이 얼굴을 들자, 사리 위에서 유령이 메이플에게도 달라붙으려 했다. 불길한 검은 그림자는 사라졌지만 유령은 메이플이 봐도 영 거북했다.

"엄청나게 쳐다보는데!"

메이플은 얼굴을 피하면서 두 손으로 유령의 얼굴을 밀어내려고 하지만, 손이 슥 빠져나가고 만다.

"으엑…… 으으…… 히끅……."

"진짜, 어떡하지……."

메이플은 앉은 채 어쩔 바를 모르게 되었다.

4장 방어 특화와 연장전.

  메이플이 한동안 유령에게 주시당하면서 옥좌에 앉아 있자, 메이플이 주위에 있어서 안심한 덕분인지 사리도 서서히 안정을 되찾은 듯했다.

  "메이플…… 아직 있어?"

  사리가 얼굴을 들지 않고 메이플에게 묻는다.

  "응, 아직 있어."

  "으에엑……. 빨리 어디로 안 가 주나……."

  그렇게 말하는 사리의 목소리는 약간 떨렸지만, 평소의 컨디션을 되찾기 시작했다.

  "어때, 진정됐어?"

  "진정됐지만, 엄청나게 부끄러우니까 얼굴 보지 마……."

  그렇게 말해도 이미 사리는 메이플에게 우는 얼굴을 제대로 보여주고 말았다.

  숨겨지지 않은 사리의 귀가 새빨개져 있어서, 얼굴도 비슷하거나 그 이상으로 빨갛게 되어있으리라는 건 메이플도 상상할 수 있었다.

"알았어. 하지만…… 그렇게까지 해서 갖고 싶었던 거야?"

"그만두는 게 좋았을 거라고 후회하고 있어…… 정말로. 어쩌면 괜찮을지도 모른다고 생각했던 나 자신을 때리고 싶어……."

사리 왈, 스킬에 눈이 멀었었다고 했다.

"별일이네, 사리가 착각을 다 하고."

"너무 갖고 싶은 게 많아서 그만. 이젠 됐어, 진정하고 머리를 식혀 보니까 없어도 어떻게든 되는 스킬이고."

"결국 사리가 갖고 싶었던 스킬은 뭐야? 미처 물어보질 않았는데."

메이플이 말하자, 사리는 갖고 싶은 스킬과 아이템, 여기서 일어난 이런저런 일들에 대해 알고 있는 사실을 말하기 시작한다.

"어떡할까? 나도 앞으로는 떨어지지 않게 조심하겠지만…… 더 탐색할래?"

"여, 여기 스킬은 이제 됐으니까…… 밖에 나갈래……."

"응, 오케이! 그런데 말이야……. 음──."

메이플은 이렇게 이야기하는 동안 유령이 다른 곳에 가 주지 않을까 생각했지만, 유령은 완고하게 움직이려 하지 않는다.

"옥좌에서 나가면 곤란하겠지……? 공격할 수는 없을까?"

메이플이 손을 뻗어 아이템을 사용하자 바람이 유령의 몸을 가른다.

그러자 유령은 조금 휘청거리며 후퇴했다.

하지만 HP 게이지가 없어서, 대미지라는 개념이 없는 몬스터라서 해치울 수 없음을 알 수 있었다.

신음을 내며 얼굴을 두 손으로 덮고 있던 유령은 잠시 지나자 다시 두 사람에게 다가와 만지려 했다.

"움츠릴 동안에 탈출……. 사리, 할 수 있겠어? 난 아마 따라잡힐 것 같고."

메이플은 사리만이라도 도망칠 수 없겠는지 제안해 본 것이다.

"으음…… 안 될 것 같아."

【AGI】가 0이 되었기 때문만은 아닌 것이 틀림없었다.

"어떡하지―? ……어?"

메이플과 사리에게서 좀처럼 떨어지려 하지 않던 유령이 갑자기 두 사람에게서 훅 떨어져 그대로 방에서 나간다.

갑작스러운 변화에 메이플은 멍하니 지켜볼 수밖에 없었다.

"기회야! 가자, 사리!"

"어, 어? 으, 응!"

얼굴을 숙이고 있어서 상황을 잘 파악하지 못한 사리의 손을 끌고.

두 사람은 처음으로 같은 속도로 달려 나간다.

뒤에서는 대신 유령의 희생양이 되어 주었을 사람의 목소리가 들려온다.

새로 들어온 누군가가 공격을 당해 지르는 목소리에, 사리
는 자신도 저랬겠지 싶어 또다시 약간 얼굴을 붉혔다.

"얍, 탈출—!"

메이플은 기억하고 있던 길을 최단거리로 돌아가 마침내 로
그아웃 가능한 장소까지 되돌아갔다.

"고마워, 메이플."

"에헤헤…… 별거 아니야!"

돌아온 것을 기뻐하는 두 사람.

그 뒤에서 차가운 팔이 뻗어 나와 두 사람을 한꺼번에 끌어
안는다.

"힉……!"

"윽!"

두 사람이 놀라 한순간 굳어졌을 때 스킬 획득 알림이 왔다.

"어어…… 【명계의 인연】? 아, 사리가 아이템 효과가 두 배
가 된다고 했던 스킬이다."

메이플이 스킬 내용을 확인한다.

그 자리에 흐늘흐늘 주저앉은 사리도 같은 스킬을 입수할 수
있었던 듯했다.

스킬에 쓰여 있는 설명에는, 때때로 뒤에서 살며시 손을 빌
려주는 누군가와의 기묘한 인연이라는 내용이 있었다.

"으……. 그런 인연은 필요 없어."

원했던 스킬을 손에 넣었지만 사리는 얼굴을 찌푸렸다.

"어떡할래, 사리? 난 다음 탐색에도 같이 갈 수 있어."

"로그아웃할래. 돌아갈래."

사리가 즉각 대답한다.

"그렇겠지. 그럼 바이바이."

메이플이 작게 손을 흔든다.

"오늘은 고마워. 꼭 보답할게."

"뭘, 괜찮아. 지금까지 많이 도와줬는걸! 겨우 하나 갚은 것 같은데."

메이플이 그렇게 말하며 웃자 사리도 조금 표정이 밝아졌다.

"고마워. 7층이 추가됐을 때 다시 봐."

"그렇게 말하고는 또 돌아오는 거 아니야?"

"안 돌아와……. 아무리 그래도."

사리는 힘없는 미소를 남기고 로그아웃했다.

현실세계로 돌아온 리사는 침대에서 일어나 게임을 종료하고 정리했다.

"음…… 땀이, 목욕을…… 아, 아직 괜찮으려나! 밥 먹고 나서 해도."

리사는 그렇게 말하고 평소보다 조심스럽게 문을 열고 1층으로 내려갔다.

그대로 거실 쪽으로 가자 때마침 어머니가 저녁식사 준비를 하고 있었다.

"리사? 저녁밥은 아직 덜 됐어."

"응, 잠깐 TV 보러 왔어."

리사는 그렇게 말하고 TV를 켜고 소파에 앉았다.

하지만 TV에는 그다지 흥미가 없어, 그저 틀어놓고 있을 뿐이다.

리사가 그러면서 거실에서 저녁밥을 기다리고 있는데 전화 수신음이 울렸다.

리사가 몸을 홱 돌려 소리가 난 쪽을 본다.

"어머······. 네, 시로미네입니다. 네."

"············."

어머니는 잠시 누군가와 대화하더니, 이윽고 전화를 끊고 리사에게 말을 걸었다.

"리사? 엄마는 잠깐 급한 볼일이 생겨서 나가야 해. 아버지도 오늘은 늦으신다고 하고······. 밥 식으니까 먼저 먹으렴."

"어······ 으, 응······."

리사가 시원찮은 대답을 했을 때 어머니는 외출 준비를 하러 서둘러 방을 나갔다.

"빨리 다녀올게."

"······알았어."

그렇게만 말하고 어머니는 외출했다.

밖은 이미 어둡고, 조용한 집에는 TV 소리만이 흐른다.

"바, 밥 먹자."

리사는 어머니를 배웅한 후 현관에서 돌아와 밥을 먹기 시작했다.

"……."

TV 리모컨을 손에 들고 음량을 높인다.

의자에 앉아서 발을 침착치 못하게 흔들흔들 움직이고, 눈은 약간 가늘게 뜨고 있다.

젓가락의 움직임도 느릿했다.

"잘 먹었습니다."

리사는 그릇을 정리하고 TV 채널을 적당히 바꿔본다.

일기예보에서는 오늘 밤 비가 온다고 했다.

그렇게 이렇다 할 일 없이 시간을 보내고 있었지만, 누군가가 돌아오는 일은 없었다.

"목욕해야 하는데…… 하지만……."

평소보다 얼마간 빨라진 고동, 침착해지지 않는 감각.

원인은 잘 알고 있었다.

"좀…… 무서워……."

말로 꺼내면 더욱 그렇게 느껴지는 법이다.

리사는 커튼과 문을 빈틈없이 닫고 소파에 놓여 있는 쿠션을 끌어안고 몸을 웅크린다.

"······맞다!"

무슨 생각을 떠올렸는지 그 얼굴에는 약간 밝은 표정이 돌아와 있었다.

한편, 리사와 마찬가지로 로그아웃한 카에데는 자기 방에서 공부하고 있었다.

그때 전화벨이 울렸다.

"혹시······. 역시."

카에데가 휴대전화를 손에 들자 거기에는 리사의 이름이 떠 있었다.

"여보세요?"

"아, 카에데, 지금 괜찮아?"

"음······ 괜찮아. 왜?"

"아니, 오늘은 폐를 끼쳤구나 싶어서. 잠깐 얘기 안 할래?"

카에데는 리사가 전화를 건 진짜 이유를 어렴풋이 눈치채고 있었지만, 굳이 꼬집어 말하지 않고 리사와 이야기를 이어나간다.

"응?"

그리고 이야기하는 사이, 카에데는 리사의 목소리 이외에 뭔가 물소리가 들린다는 것을 깨달았다.

"욕실이나 화장실일까? 겁쟁이니까······ 앗."

카에데는 무심코 생각한 것이 말로 툭 튀어나오고 말았다.

리사도 못 들은 척하면 좋았을 텐데 침묵하고 말았다.

"리, 리사?"

그리고 잠깐의 침묵 후, 리사의 목소리가 다시 들려온다.

"……카에데, 나 지금 집에 아무도 없어서."

"응."

"좀…… 불안하다고 할까……."

"응."

"소, 솔직히…… 무서워서……. 전화 계속해도 돼?"

카에데가 안 된다고 말할 리도 없어서 대화는 그대로 이어진다.

그렇게 이야기를 하다가, 카에데는 그러고 보니 옛날에도 한 번 이런 일이 있었던 것을 생각해냈다.

"전에도 있었지, 이런 일."

"그랬던가?"

"응. 그때는 지금처럼 욕실에서 한 건 아니었지만. 다음 날에 나 수면부족이 됐었어."

"아, 초등학교 때? 우와…… 나 성장하지 못했나 봐."

이렇게 이야기하다 보면 무서움도 조금 흐려지는 법이다.

욕실에서 나와 이야기도 흥이 오르고, 침대에 들어갈 무렵에는 리사의 기분이 상당히 밝아져 있었다.

"잘 자, 리사."

"응, 고마워. 잘 자, 카에데."

리사는 평소보다 몇 시간 일찍 침대에 들어갔다.

불을 끄고 머리까지 이불 속에 들어가 눈을 감는다.

밖에서는 내리기 시작한 빗소리가 들려오고 있었다.

평소보다 빨리 침대에 들어가도 그만큼 빨리 잠들 수 있는 것은 아니다.

30분, 한 시간, 시간이 흘러간다.

시간이 흘러갈수록 흐릿해졌던 감각이 돌아오고 있었다.

"음……. 웅……."

리사는 침대 속에서 침착치 못하게 꼼지락꼼지락 움직이다가, 잠시 후에 결심을 했는지 전화를 걸었다.

상대는 뻔하다.

카에데를 억지로 깨워 다시 이야기를 하면서, 리사는 일어나 불을 켰다.

"아하하……. 전에도 이런 일이 있었지."

"정말…… 미안해, 카에데……."

다음 날 카에데가 수면부족이 된 것은 말할 필요도 없었다.

5장 방어 특화와 신발 찾기.

메이플과 사리가 유령 저택을 탐색하고 나서 며칠 후.

아직 사리에게 6층에 다시 도전하자는 바보 같은 생각이 떠오르지 않았을 무렵, 메이플은 혼자서 6층의 길드 홈에서 느긋이 쉬고 있었다.

"사리는 5층에서 레벨을 올리고 있고, 마이와 유이도 다른 층을 탐색한다고 했으니까……. 나는 어떡할까?"

사리와는 또 다른 이유로, 마이와 유이에게도 6층은 어려운 곳이었다.

많은 적이 물리 공격 무효라서 맞으면 필살인 공격이 의미를 가지지 못하는 것이다.

"응? 그러고 보니. 사리가 갖고 싶다고 말했던 것 중에 아이템이 있었을 텐데……."

메이플은 고개를 끄덕이고는, 오늘은 그 아이템을 찾으러 가기로 결정했다.

"사리가 갖고 싶은 아이템이 있으면 준다고 약속했는데, 아직 아무것도 못 줬으니까. 딱 좋아!"

메이플은 사리에게 HP 증가 장식품을 받기도 했고 소재를 모을 때 도움을 받기도 했다. 그 밖에도 길드 홈 개설을 위한 자금도 사리가 모아주었다.

그 보답을 할 수 있는 좋은 기회라고 생각한 것이다.

"아, 하지만 어디서 입수하는지, 사리는 제대로 조사하지 않았던가."

무서운 것을 못 견디는 사리는 이번에 정보 수집이 아주 엉성해서, 메이플은 우선 게임 내 광장에 설치된 정보게시판을 확인하러 가기로 했다.

"좋아. 결정했으면 얼른 가자!"

메이플은 후다닥 뛰어서 길드 홈을 나갔다.

오른쪽도 폐가, 왼쪽도 폐가인 큰길을 이동하자 게시판 앞에 당도했다.

"와앗, 사람이 많아…… ."

새 층이 추가된 직후이기도 해서, 커다란 게시판 앞에는 사람이 수없이 있었다.

메이플은 작은 몸으로 인파를 슥슥 빠져나가 게시판이 보이는 곳까지 와서 정보를 확인한다.

"음…… 있다! 이거야!"

메이플이 입수 조건과 출현하는 장소를 확실하게 확인하고 인파를 빠져나갔을 때 아는 사람과 딱 마주쳤다. 【집결의 성검】의 페인, 드레드, 드라그다.

"아, 페인 씨와 여러분도 정보 수집 중이세요?"

"그런 참이다. 메이플에게도 지고 있을 수 없으니."

"설욕하려고 불타고 있어. 나도 그렇지만."

"에헤헤, 저도 힘낼게요!"

"……오, 참, 프레데리카 녀석이 사리를 찾던데? 안 보이니까 결투할 수가 없다고 말이야."

그렇게 말하는 드라그에게 사리의 상황을 있는 그대로 전할수는 없어서, 메이플은 쓴웃음을 지으며 이야기해 두겠다고 대답했다.

세 사람과 헤어진 메이플은 다시 인파를 빠져나가 조금 사람이 적은 장소까지 왔을 때 후우 하고 한숨을 내뱉었다.

"이러면 필드에도 사람이 잔뜩 있을지도 모르겠네."

그런 생각을 하면서 메이플은 시럽을 타고 조사한 장소로 날아갔다.

"아, 역시 사람이 많네."

하늘에서 아래를 확인하자, 마법과 스킬 이펙트가 여기저기서 번쩍이고 있었다.

노리는 몬스터는 이른바 언데드 몬스터로, 온몸이 허옇게 빛나는 뼈로 되어 있다.

츰 사라졌다가 나타나기를 반복하며 공격을 피하는 몬스터로 당연히 물리 공격은 통하지 않는다.

"응……. 나는 하기 힘들겠어."

메이플의 스킬은 대부분 광역 섬멸과 근접 공격 중 하나라, 이런 상황에서 노리는 몬스터를 딱딱 해치우기 알맞은 사정 범위를 가진 스킬은 없다시피 하다.

"다른 곳에서도 나오지 않으려나?"

메이플은 이곳을 피해 다른 장소를 찾기로 했다.

다행히 노리는 몬스터는 어느 정도 상공에서도 확인할 수 있을 만큼 빛을 내고 있어서 찾을 수 있었다.

"없으면 여기로 돌아오자. 응. 그럼 시럽, 간다."

메이플은 시럽의 방향을 휙 바꾸고는 넓은 필드를 바깥, 또 바깥으로, 마을에서 더욱 멀어지는 방향으로 날아간다.

"없으려나……. 우웅, 좀 더 찾아보자."

메이플은 시럽의 등딱지에서 몸을 약간 내밀고 아래를 빤히 본다.

그렇게 잠시 날아가 안개가 짙어지는 산 근처까지 왔다.

"여기서부터는 아래가 안 보여……. 정상 근처만 확인할까? 뭔가 있다면 거기겠지!"

메이플은 시럽의 고도를 낮추고 산에서 약간 트인 장소에 내렸다.

"고마워, 시럽!"

시럽을 일반 사이즈로 되돌리고 메이플은 산을 올라간다.

그리고 조금 갔을 때 메이플 앞의 안개 속에서 투명한 붉은 뼈로 된 몬스터가 나타났다.

"조금 색이 다르지만…… 괜찮으려나?"

다른 몬스터니까 목표가 아닌 건 확실하지만, 메이플은 일단 잡아 보기로 했다.

"좋아, 【도발】! 도망치지 마!"

메이플이 【도발】을 쓰자 근처에서 똑같은 모습을 한 몬스터가 몇 마리 더 나타난다.

"잘됐다! 럭키!"

몬스터를 찾는 데 시간이 제일 많이 걸리는 메이플로서는 상대방이 다가와 주는 것은 대환영이다.

"【히드라】!"

유령 저택에서는 쓰지 못했던 독의 격류.

마법진에서 튀어나온 독의 파도가 접근해 온 몬스터를 집어삼킨다.

"으엑!? 살아남았어!?"

독 내성이 강한지 【히드라】로 일격에 해치우지는 못했다.

메이플은 예상치 못한 내구력에 눈을 동그랗게 떴다.

몬스터 뒤에서 시커먼 연기가 피어오르더니 해골 형상을 만들어간다.

성대도 없는 뼈가 귀에 거슬리는 목소리를 발한다.

"조, 조금…… 위험할 것 같은데…….【천왕의 옥좌】!"

메이플은 긴급피난이라도 하듯이 등 뒤에 나타난 옥좌에 앉는다.

효과가 있었던 모양인지【천왕의 옥좌】의【속성:악】봉인에 의해 딱 보기에도 위험할 법한 공격은 캔슬되었다.

"웅, 역시 여기 앉으면 공격을 못하네. 예뻐서 좀 더 많이 쓰고 싶은데……."

6층에 물리 공격이 통하지 않는 몬스터가 많다는 점도 전투가 장기전으로 가는 원인이었다. 특히【기계신】이 통하지 않는 몬스터가 많으면 싸우기 어렵다.

"누군가랑 같이 할 수 있으면……. 사리가 있으면 좋겠지만, 으음……. 그 사리가 지금 안 되니까."

6층이 쥐약인 사리 몫까지 6층을 탐색할 생각인 것이다.

메이플은 기운을 북돋아주려는 의미로도 사리가 원하는 신발을 구해 보자고 재차 다짐했다.

그리고 이번에도 또 종이를 붙이는 작업에 들어갔다.

"더 사야겠어……. 아, 제령 부적 같은 것도 가게에 있었지. 그것도 사 올까?"

다가오는 유령 몬스터의 얼굴을 불태우면서 메이플은 중얼거렸다.

"격파―!"

메이플이 붉은 유령을 전부 격파했을 때 지면에 소재가 드롭되었다.

"음…… 꽝인가. 애초에 나오는지도 의심스러운걸……."

메이플은 주위에 사람이 없는 이 장소에서 전투하는 것이 편해서, 만약 목표인 신발을 드롭해 준다면 더할 나위 없었다.

하지만 드롭이 확인된 몬스터가 아니기 때문에 헛수고로 끝날 가능성이 더 크다고 할 수 있었다.

"그것 말고도 사리가 좋아할 게 들어올지도 모르고……. 소재는 이즈 씨에게 줄까? 항상 장비를 수리해 주니까!"

또한 메이플 자신의 레벨도 올릴 수 있다.

최근에는 집중해서 몬스터를 사냥하지 않았기 때문에 가끔은 괜찮다고 생각한 것이다.

메이플은 옥좌에 앉아 붉은 유령이 근처에 나타나지 않는지 눈을 빛낸다.

"아, 있다 있다! 좀 많이 있는 건가?"

붉은 유령은 메이플에게 다가오자마자 마법으로 공격했다.

"보통 마법도 쓰는구나."

날아온 붉은 빛은 메이플의 배에 맞고는 소리를 내며 터져서 사라졌다.

"오케이! 괜찮아, 괜찮아! 자, 자, 이리 다가와―."

메이플은 붉은 유령에게 손짓하고는, 다가온 유령을 또 아이템으로 불태우기 시작했다.

"역시 느리네……. 요즘은 후다닥 해치웠으니까 이런 느낌은 오랜만이야."

하지만 느긋한 전투도 가끔은 괜찮아서, 메이플은 별로 스트레스를 느끼지 않고 유령을 해치워 나간다.

"격파—! 오, 다음 사람이 왔어."

메이플은 생긋 미소 짓고 다시 손짓을 한다.

확연하게 사람이 아닌 붉은 유령은 메이플을 해치우려고 다가왔다가 무의미한 공격을 되풀이하고는 사라져 간다.

"아, 맞다. 그러고 보니 내 독 스킬에 즉사 효과가…… 있다, 이거야!"

메이플은 의식하고서 사용하지는 않았던 어떤 스킬을 생각해냈다.

그것은 4층의 항아리 속에서 독을 가진 몬스터들의 정점에 섰을 때 입수한 것이었다.

【고독의 주법】

독 계통 공격 스킬에 10% 확률의 즉사 효과를 부여한다.

이 효과는 독 내성 스킬의 영향을 받지 않는다.

"좀 약한 스킬로…… 즉사를 노리는 게 빠를까? 공격 아이템도 줄어들었고, 해 보자! 으음…… 【베놈 커터】!"

다가온 여러 붉은 유령을 향해 쏜 독의 칼날은 【히드라】에 비하면 약하다. 그래도 즉사 효과가 발동하면 상관없……지만 유령은 아직 건재하다.

"안 죽나……. 이건 이거대로 MP 포션이 있어야 하고……. 혼자 싸우는 건 어렵구나."

메이플은 지금껏 사리가 혼자서 메이플을 위해 모아 준 것들을 떠올리고, 신발만 가지고는 보답이 부족할지도 모르겠다고 생각하기 시작했다.

"이번 층에선 사리를 위해서 힘낸다……는 것도 좋을지도. 선물은 분명 기뻐해 줄 거야."

그리고 몇 번이나 독을 날렸을 때 메이플은 문득 어떤 생각에 이르렀다.

"혹시 너희…… 즉사가 안 통하니?"

눈앞에 있는 유령의 늑골을 탁탁 때리려다가 손이 슥 빠져나간 메이플이 말한다.

평소와는 조금 다른 말투로 물어봤지만 유령이 대답할 리가 없다.

다만, 좀 더 근본적인 부분에 문제가 있다는 것을 깨달았다.

메이플이 앉아 있는 옥좌와 【고독의 주법】이라는 스킬의 상성에 관해서이다.

생각해 보면【고독의 주법】이라는 글자에서는 악한 요소가 차고 넘쳤다.

"앗! 이, 이런 것도 안 돼? 안 되나아……. 굉장하지만, 우우…… 심하게 잘 통하잖아! 역시 아이템으로 찬찬히……. 아니면 누군가를 불러 본다든지?"

메이플은 아이템이 다 떨어질 때까지 그 자리에서 전투를 계속하고, 아이템이 얼추 없어졌을 때 유령에게 발견되기 전에 후다닥 뛰어서 트인 장소까지 되돌아갔다.

"시럽, 돌아가는 길도 부탁해! 아휴, 다음번엔 더 제대로 해치울 거야."

메이플은 멀어지는 땅을 가만히 보고는 가까운 시일 내에 다시 오기로 결심하고 일단 마을로 돌아갔다.

마을로 잠시 돌아온 메이플은 타고 있던 시럽에서 땅으로 휙 내린다.

"후우……. 유령에게 통하는 아이템도 몇 개쯤 있을 거야!"

메이플은 지난번에 봤던 부적 말고도 무언가 아이템이 있으리라 생각하고 마을을 걷기 시작했다.

"하지만 우선 부적이 있었던 가게부터 갈까."

메이플은 우선 제령 부적부터 사려고 한 가게에 들어갔다.

"아마도…… 찾았어!"

메이플은 가게 안을 걷다가 부적을 발견했다.

종이에 빨간색으로 잘 알 수 없는 글자와 기호를 쓴 아이템.

메이플은 아이템 이름을 잘 봐서 제령의 부적임을 확인하고는 살 수 있는 만큼 샀다.

"다음은 소재를 팔아 둘까? 돈도 줄어들었고."

메이플은 또 다른 가게에도 가서 물건을 계속 살 작정이라서, 지금까지 지나온 층에서 손에 넣고 남은 소재를 팔아 자금을 조달했다.

그 밖에는 바로 도움이 될 만한 물건은 없다고 판단하고 가게를 나온 메이플은 그대로 큰길을 나아갔다.

길 양쪽에는 각각 겉보기에는 폐가인 점포들이 즐비하게 늘어서 있다.

"어디서 좋은 물건을 팔지 않으려나?"

메이플이 좌우를 두리번두리번 둘러보며 어디로 갈지 망설이고 있는데, 안면이 있는 인물이 앞에서 걸어왔다.

"앗! 미이!"

메이플이 미이를 발견하고 손을 흔들자 미이도 메이플을 알아차렸는지 다가온다.

미이는 메이플의 눈앞까지 오더니 메이플에게만 들리도록 작은 목소리로 말했다.

"오랜만이야, 메이플. 어때? 탐색은 순조로워?"

"그냥 그래. 지금은 유령에게 통하는 아이템을 찾는 중이야. 내 공격으론 유령을 잡기가 힘들어서."

"그럼 이 길을 똑바로 가서 막다른 곳에 있는 가게에 좋은 아이템이 있을 거야. 분명히 【퇴마의 소금】이었던가……? 대충 그런 이름이었어."

미이의 정보를 듣고 메이플의 표정이 환해진다.

"고마워! 가 볼게!"

"응. 도움이 되면 좋겠네."

"또 무슨 일 있으면 도울 테니까 말해. 꼭 갈게."

미이는 메이플에게 작게 손을 흔들고 그대로 큰길을 걸어간다.

메이플은 점점 멀어지는 미이를 보내고 이야기를 들은 가게로 향했다.

한동안 걸어가자 메이플 앞에 미이가 가르쳐 준 가게가 보이기 시작했다.

지금까지의 폐가와는 달리 창문도 깨지지 않은 평범한 점포였다.

"으음…… 퇴마용품점? 여기다!"

메이플은 목표한 가게를 발견해 안으로 들어간다.

안에는 장비에서 아이템까지 다양한 물건이 진열되어 있었다.

그 상품들을 보고 메이플은 제일 먼저 장비품이 진열된 곳으로 향한다.

"방패랑 단도도 있어! 으음, 【파사(破邪)의 방패】랑 【파사의 단도】인가."

단도는 유령 계열 몬스터에게 단도로 주는 공격 대미지를 증가시키는 효과가 있었다.

또 방패는 마찬가지로 유령 계열 몬스터에게 받는 공격 대미지를 감소시키는 효과가 있었다.

"우웅……. 하지만 이걸로는 안 되겠지."

메이플은 손에 들었던 장비를 선반에 돌려놓는다.

메이플은 애초에 대미지를 거의 안 받기 때문에 방패는 필요가 없다.

그리고 메이플의 경우 속성 공격을 할 수 없기 때문에 단도로는 제대로 대미지를 줄 수 없어서 이것도 필요 없었다.

"우선 【퇴마의 소금】이었나. 그것만 사자."

가게 안을 돌아보자 아이템 코너에서 소금을 금방 찾았다.

메이플은 우선 그것을 사고 지금까지 사용했던 불이나 바람으로 공격하는 아이템도 사서 보충했다.

"이걸로 끝일까……. 응?"

메이플이 물건을 다 사고 마지막으로 빠뜨린 것이 없는지 가게를 빙 둘러보자, 미처 살펴보지 않았던 한쪽 구석에서 어떤 아이템을 발견했다.

"으응? 청소기?"

메이플의 눈앞에는 청소기처럼 생긴 물건이 하나 있었다. 메이플은 본체에서 나온 호스를 만져 본다.

부적에도 적혀 있었던 붉은 글자를 새겼고, 퇴마용품 가게에 있으니 무언가 효과가 있을 것 같다고 생각한 메이플이 손에 들어 보았다.

"음. 쓸 수 있으려나? ……아, 이건 아니야. 누름돌이랑 비슷한 거네."

메이플은 그것이 인테리어 소품임을 확인하고 청소기를 가만히 원래 위치에 두었다.

가게를 뒤로하고 큰길을 걸어 길드홈으로 돌아간다.

"청소기로 빨아들여서 해치울 수 있으면 편할 텐데……. 역시 효과가 있는 건 아닐까?"

메이플은 그런 생각을 했지만, 청소기 설명에 있던 룸 아이템이라는 글자가 사라지는 일은 없었다.

6장 방어 특화와 제령.

며칠이 지나, 메이플은 다시 안개가 자욱한 산에 왔다.

"좋아, 간다!"

메이플은 산에 내려서 시럽을 작게 만들고 붉은 유령을 찾기 시작했다.

"아, 있다, 있어."

메이플은【도발】을 써서 유령이 인식하게끔 하고 이번에도 옥좌를 꺼내서 앉아 유령의 스킬을 봉인했다.

"이번에는 좋은 부적이거든? 찰싹―!"

메이플이 유령에게 마을에서 구입한 부적을 붙이자 부적에 쓰여 있던 붉은 글자가 빛나기 시작하더니, 유령의 표면을 하얗게 물들여 나간다.

빛이 유령의 몸을 덮어가면서 HP가 조금씩 감소하고, 유령은 탄식하기 시작했다.

"오오, 잘 통한다! 그럼 이 소금도 받아라!"

메이플이【퇴마의 소금】을 뿌리자 HP가 더 많이 깎인다.

그리고 HP가 0이 되자 유령은 그대로 빛에 감싸여 하늘로 올라가 사라졌다.

"좋아, 제령 성공! 소재는…… 꽤나 좋네! 우와앗, 경험치는 못 받은 것 같아……."

부적과 소금으로 제령하면 경험치는 얻을 수 없지만 토벌의 편리함과 속도, 게다가 아이템 드롭률이 좋아지는 이점이 있다.

메이플은 어느 쪽을 택할지 고민했지만 한번 체험한 부적과 소금의 편리함에는 거역할 수 없었다.

"많이 잡으면 되겠지? 일단 아이템은 드롭하는 것 같으니까."

메이플은 다가오는 유령에게 소금을 뿌려 잇달아 대미지를 준다.

"지금처럼 하자!"

메이플은 다가오는 유령을 닥치는 대로 제령해 나간다.

한 마리당 소비가 적기도 해서 사들인 아이템에는 여유가 있었다.

그리고 두 시간쯤 제령에 힘쓰고, 메이플은 산에서 내려왔다.

"사리는 아이템을 모으거나 할 때 몇 번이고 몬스터를 잡으러 갔었지……. 이거 힘들구나."

그러나 이번에는 사리를 위해서라고 생각해, 메이플은 한 번 더 힘내기로 했다.

그로부터 며칠간 계속 제령해서, 현실이었다면 산의 유령을 모두 없애 버리지 않았을까 싶을 만큼 제령했을 때 메이플 앞에 신발이 툭 떨어졌다.

"오오오옷! 나왔다!"

메이플이 신발을 주워든다.

신발에는 여기저기 검붉은 얼룩이 묻었고 왠지 조금 서늘하게 느껴지지만, 모양 자체는 지금의 사리의 부츠와 아주 비슷한 것이었다.

"이름은…… 【죽은 자의 발】? 저, 저주받을 것 같은데…… 괜찮을까? 레어라고 하니까 좋은 물건이겠지, 아마도."

메이플은 부츠를 구석구석 관찰해 보지만 피가 흘러내리거나 안쪽에 진짜로 죽은 자의 발이 남아 있거나 하지는 않았다.

"응. 이거라면 사리에게 줄 수 있겠다. 스킬도 일단 확인해 보고……."

【황천으로 가는 걸음】

스킬 사용 시, 각 스테이터스를 5씩 낮추고 공중에 발판을 만든다.

20분 후 감소 해제.

발판은 10초 후 소멸한다.

"어어? 어쩐지, 들었던 거랑 다른 것 같은데……. 어쩌지, 한번 사리에게 보여줘 볼까."

메이플은 인벤토리에 신발을 갈무리하고, 또 다가온 유령을 마지막으로 해치우고 오늘은 돌아가기로 했다.

"좋아, 소금이랑 부적을…… 어라?"

메이플이 제령하려고 자세를 잡았을 때, 다가온 유령은 지금까지와 다른 반응을 보였다.

유령은 붉은색이 아닌 푸른빛을 발하기 시작했고, 게다가 메이플에게 등을 돌리고 멀어져 갔다.

메이플이 눈에 힘을 주자 조금 멀리서 가만히 있는 푸른빛이 보였다.

일렁일렁 흔들리는 빛은 메이플을 부르는 것처럼 느껴졌다.

"가 볼까. 옥좌는 집어넣자, 영차."

메이플은 방패를 들고 경계하면서 천천히 푸른빛 쪽으로 걸어간다.

메이플이 가까이 오자 유령은 다시 메이플을 이끌듯이 앞으로 나아간다.

"산을 오르고 있어……. 우선은 가 보자."

메이플은 유령에게 이끌리는 대로 산을 올라가 마침내 정상에 도달했다.

정상 부근은 더욱 짙은 안개가 깔려서 이미 1미터 앞도 제대로 보이지 않는 상황이다.

"이대로 가면 되는 걸까? 아, 이거…….."

메이플의 발부리에 탁 부딪친 것은 지면에 꽂힌 허름한 나무 십자가였다.

근처에는 이미 다 시든 꽃다발의 잔해가 굴러다니고 있다.

"아, 차 버렸어! 미안해요!"

메이플은 눈을 감고 손을 맞댄다.

그러던 메이플의 발목을 갑자기 지면에서 돋아난 하얀 손이 붙잡았다.

"으엑!? 자, 잠깐! 안 떨어져!"

그대로 메이플의 발이 끌려가고, 있어야 할 땅이 사라져 버린 듯한 부유감을 느낀다.

한없이 한없이 떨어지는 듯한 감각에 메이플은 무심결에 눈을 꼭 감았다.

이윽고 그 감각이 사라지고 메이플은 새카만 공간에 착지했다.

"으음, 이번에는 어디로 온 걸까……?"

메이플이 주위를 둘러보자 새카만 어둠 속 일부가 희미하게 붉게 빛나기 시작한다.

공간을 가르며 흐느적 모습을 드러낸 것은 지금까지 메이플이 몇백 마리나 제령한 붉은 유령이 커진 것 같은 몬스터였다.

허공이 갈라진 곳에서 상반신만 튀어나왔고, 붉은 팔은 메이플의 몸보다 몇 배나 길다.

"어, 어, 어쩌지?"

메이플은 그 모습을 흘끗 보고 보통 방법으로는 제령할 수 있을 것 같지가 않아서 뒷걸음질 쳤다.

그러나 유령은 메이플을 놓아주지 않을 모양인지, 팔을 뻗어 메이플을 붙잡으려고 했다.

"엇차차, 어? 느, 느리네."

메이플이 달려서 도망치자 팔이 닿지 않는 곳까지 쉽게 멀어질 수가 있었다.

메이플은 적에게서 도망칠 수 있었던 적이 거의 없었기 때문에 놀라서 발을 멈추고 유령 쪽을 확인했다.

유령이 팔을 다 뻗더니 스윽 사라지고, 갈라져 있던 공간은 원래대로 돌아갔다.

"어쩐지 불길한 느낌…… 역시!"

메이플이 홱 뒤를 돌아보자, 그곳에서 바야흐로 공간이 갈라지고 있는 참이었다.

"내 대신 소금이나 먹어랏!"

메이플은 나타난 상반신에게 소금을 던지고 달려서 거리를 벌린 뒤 대미지를 확인했다.

"됐다, 통하는구나!"

산에 있던 붉은 유령에 비하면 효과는 적지만 확실하게 HP

가 감소했다.

메이플은 그렇다면 어떻게든 되겠다 싶어 인벤토리에서 아이템을 꺼내 다음 출현에 대비한다.

"좋아, 와라! ……으응!?"

메이플이 대기하고 있는 앞에서 갈라지는 공간.

보스급 유령과 갈라진 공간의 틈새에서 산에 있던 붉은 유령이 스멀스멀 나타난다.

그것들은 산에 나왔을 때와 마찬가지로 딱 보기에도 위험해 보이는 해골을 뒤에 띄우고 메이플에게 다가온다.

"너희는 안 와도 돼!【천왕의 옥좌】!"

메이플은 옥좌를 꺼내서 곧바로 앉아 다가오는 유령의 스킬을 없앤다.

그러나 앉아 있는 탓에 보스급의 공격에서 완전히 도망치기 어려워지게 되었다.

"어중간하게 도망치기보다는 이대로 있는 편이 낫겠어."

도망치지 않기로 결심한 메이플에게 보스의 손이 다가와 양손으로 뒤덮는다.

"스킬을 쓸 수 없는 건가? 그렇다면 지금이 기회야!"

메이플은 그저 덮고만 있는 유령의 손에 부적을 붙여 대미지를 쌓는다.

메이플은 그렇게 해서 제령되기를 노렸지만, 그렇게 잘 풀리지는 않았다.

"아차……차차. 잡혀 버렸네."

메이플의 몸을 감싼 양손이 그대로 메이플을 꽉 붙잡는다.

"아무렴 어때…… 앗!?"

메이플의 몸에 충격이 확 퍼지고 HP가 깎인다.

옥좌의 회복 효과를 상회하는 속도로 자신의 HP가 감소하는 것이 보였다.

"윽, 과, 관통 공격!"

유령은 그대로 슬금슬금 메이플의 몸을 조여든다.

메이플은 어떻게든 도망치려고 몸부림치지만 도저히 빠져나갈 수 없다.

그리고 유령의 행동은 거기서 끝나지 않았다.

"엑…… 잠까, 우와앗!"

메이플을 그대로 들어 올려 상공으로 데려간다.

옥좌는 앉았을 때만 효과가 있어서, 들어 올리면 어쩔 도리가 없다.

"우우…… 아, 야. 나, 놔줘……! 맞다, 【포학】!"

메이플을 옥좌에서 떼어냈다는 것은 동시에 메이플을 속박하는 것을 없앴다는 뜻이기도 하다.

유령의 손안에서 나타난 괴물 모습의 메이플은 쉽게 구속을 뿌리치고 그대로 필요 이상으로 거리를 벌렸다.

"우우…… 오랜만에 아팠어……. 방심했네."

메이플이 해제하지 않았기 때문에 옥좌는 아직 지면에 남아 있고, 앉으면 다시 변함없이 효과를 발휘할 수가 있다.

"【포학】을 쓰는 동안에 적의 스킬을 확인해 두는 게 나을지도……. 그렇게 하자."

오랜만에 대미지를 받아서, 메이플은 신중하게 몬스터를 관찰하기로 했다.

외피가 있는 동안에는 메이플에게 직접 대미지가 들어오지 않기 때문에 아픔도 없다.

"좋아 좋아, 사용할 수 있는 스킬도 정리해서……. 괜찮아, 괜찮아. 이럴 때의 대처법은 사리가 가르쳐 줬으니까."

메이플은 스스로를 진정시키려고 말을 하면서 계속 몬스터와의 거리를 벌려 놓는다.

한동안 싸워 보고 보스 유령에게는 【포학】 형태로 공격하는 것이 전혀 먹히지 않는다는 사실을 알면서, 메이플은 싫은 표정을 지었다.

"작은 쪽은 불을 뿜으면 없앨 수 있지만……. 크으…… 해제하기 싫어."

메이플은 정보를 더 모으면서 언젠가 올 【포학】 해제의 때를 우울하게 생각했다.

잠시 후, 정보를 다 모은 게 아니라 마침내 【포학】을 해제할 각오를 한 메이플이 발을 멈추고 괴물의 껍질을 깨뜨리고 지면에 내린다.

"우선【전 무장 전개】!"

온 힘을 다해 어떻게든 멀어질 준비는 갖추었기 때문에, 다음은 시럽을 불러내 거대화시킨다.

"시럽!【정령포】! 그리고 그대로 떠올라!"

메이플이 도망쳐 다니는 동안 생각한 작전이다. 작전은 절반은 성공하고 절반은 실패했다. 시럽을 띄우려고 했을 때 위에서 검은 어둠이 시럽을 억지로 땅으로 돌려보낸 것이다.

그러나 시럽이 쏜 흰 빛줄기는 어둠을 밝히며 꿰뚫고 나가 도중에 있는 작은 유령을 집어삼켰다.

"오케이, 그쪽이 통한다면 해치울 수 있어! 시럽, 고마워!"

관통 공격이 여전히 있기 때문에【헌신의 자애】는 안이하게 사용할 수 없다.

메이플은 원래 방패 유저답게 시럽을 방패로 지키기로 한 것이다.

"방패 오케이! 소금 오케이!"

메이플은 아이템을 들고, 시럽이 터 준 장소를 자폭 비행으로 일직선으로 날아간다.

폭염의 꼬리를 끌면서 어둠 속을 날아간 메이플은 보스에게 소금을 있는 대로 전부 던지고 땅으로 낙하했다.

"우웃, 어두우니까 착지가 너무 어려워……."

메이플은 이번에는 그대로 옥좌 쪽을 향해 날아가 굴러들어가듯이 옥좌에 앉았다.

시럽은 옥좌 근처에 대기시켜 놓아서, 작은 유령이 사용하는 스킬은 걱정 없다.

"휴……. 일단 시럽의 공격이 제일 유효하니까, 다시 쏠 수 있게 될 때까지 참을성 있게 기다릴 수밖에 없겠네."

메이플에게 다가오는 작은 유령은 아이템으로 대처한다.

그리고 보스가 손을 뻗어왔을 경우는 옥좌 위에서 폭발해서 메이플이 상공으로 튀어 올라가 긴급피난하기로 한 것이다.

"좋아, 이대로…… 시럽!"

메이플이 작은 유령을 격퇴하고 있는 사이 보스가 시럽을 향해 관통 효과가 있는 공격을 시도하려 하고 있었다.

"엑, 앗, 【헌신의 자애】!"

눈앞에 넘치는 작은 유령 탓에 옥좌에서 떨어질 수 없는 메이플은 곧바로 시럽을 지키려고 했다.

"으윽…… 아아, 며, 【명상】!"

옥좌에서 떨어지지 않으면 【명상】과 옥좌의 자동회복으로 제때 회복할 수 있다.

즉, 시럽을 노린다고 해도 패배가 다가오지는 않는다.

하지만 회복하고 있어도 대미지가 들어온다는 사실이 메이플에게는 커다란 문제였다.

"으으으…… 시큰시큰해."

메이플의 몸에는 지속적으로 아픔이 찾아온다.

메이플은 옥좌 위에서 몸부림치면서 공격이 멎기를 기다리고 있었다.

잠시 지나자 유령은 공격을 멈추고 떨어져서 부하인 작은 유령을 소환하기 시작했다.

"시럽, 괜찮아? 우우…… 어떡하지, 몇 번이나 버틸 수는 없어."

수치로 봤을 때는 버틸 수 있지만, 아픈 게 싫은 메이플에게는 버틸 수 없는 공격인 것이다.

이대로 시럽을 계속 노리면 힘들어지겠다고 생각하던 메이플에게 어떤 생각이 번쩍 떠올랐다.

그러나 좋은 생각이 번쩍 떠올랐다고 할 만큼 대단한 생각이라고 하기는 어려울지도 모른다.

"시럽을 반지로 되돌리면 되잖아……. 바보."

메이플이 긴급피난을 시키듯이 시럽을 반지로 되돌리자 메이플을 덮치던 아픔이 깨끗이 사라졌다. 시럽을 항상 옆에 둘 이유는 없는 것이다.

"아무래도 위험할 때는 이렇게 하면 되겠어. 좋아, 반성!"

메이플은 금방 떨쳐버리고 앞을 본다.

적의 위협은 아직 사라지지 않은 것이다.

관통 공격을 가지고 있는 이상 쓸데없는 생각을 하고 있을 시간이 없다.

"우선 한 번 더 떨어져서 시럽을 부르자. 【정령포】가 없으면 힘들어."

메이플은 옥좌 위에서 병기를 전개하고 폭발로 부수면서 날아가 유령과 최대한 멀리 떨어졌다.

"좋아, 시럽을 나오게 하자."

메이플은 시럽을 불러내고 【정령포】를 다시 사용할 수 있게 될 때까지 방어를 굳힌다.

"시럽, 【정령포】!"

그리고 시럽이 공격할 수 있게 되면 공격하고, 도중에는 작은 사이즈의 시럽을 끌어안고 【헌신의 자애】로 메이플이 날 때의 폭염에서 보호하면서 끊임없이 도망쳐 다닌다.

이것을 되풀이하며, 메이플은 평소와 달리 공격 자체를 받지 않도록 몬스터와 싸우고 있었다.

"제법 대미지를 줬는데…… 윽!?"

메이플은 여기서 명확한 변화가 일어났다는 것을 깨달았다.

지금까지는 어둡긴 해도 자기 몸은 보이거나 보스는 보이는 등, 달빛이 있는 밤 정도의 어두움이었다.

그러나 지금 메이플에게는 거대화시켜 가까이 있게 한 시럽도, 방치해 놓은 옥좌도, 본래 【헌신의 자애】로 빛나야 할 지면도, 물론 유령의 모습도 보이지 않았다.

눈을 감고 있는 것과 똑같을 만큼 깊은 어둠이 메이플을 에워싸고 있었던 것이다.

"어, 어디야!? 시럽!"

메이플은 우선 시럽을 반지로 되돌리고, 웅크려서 몸을 방패에 숨기고 두리번두리번 주위를 확인한다. 동요한 기색으로 주위 상황이 어떤지 확인하려고 한다.

"어디서 오지? 으음……."

메이플은 눈을 가늘게 떠 봤지만, 자기 주위조차 확인할 수 없는 암흑은 변하지 않았다.

"맞다, 랜턴!"

메이플은 인벤토리에서 랜턴을 꺼내 불을 켜려고 했다.

그러나 그 빛은 어둠에 뒤덮여, 촛불을 불어 끈 듯 훅 사라져버렸다.

"에엑!? 아, 아무것도 안 보이는데!"

메이플은 다시 한번 랜턴을 사용해 봤지만, 결과는 마찬가지였다.

"어, 어디야? 우와앗!?"

당황하는 메이플을 뒤에서 차가운 손이 붙잡았다.

그 손에는 【STR】과 【AGI】를 일시적으로 빼앗는 효과가 있었지만 다행히 메이플에게는 전혀 효과가 없었다.

"큭, 으으! 빠져나갈 수가 없어……."

그러나 【STR】이 없다는 것은 유령의 손아귀에서 풀려날 수 없다는 뜻이기도 하다.

유령의 손이 그대로 10여 초에 걸쳐 메이플을 천천히 상공으로 끌고 간다.

"대미지가…… 으엑!?"

메이플은 대미지의 예감에 눈을 가늘게 떴지만 지난번과 달리 아픔은 찾아오지 않았다.

그러나 대신에 메이플의 HP가 0이 되고, 【불굴의 수호자】가 발동하고, 땅바닥에 떨어졌다.

낙하 대미지는 없지만 일격만 더 받으면 메이플도 살아남을 수 없다.

"웃, 에엑? 어, 어떻게 된 거야……?"

당황하는 메이플도 그 공격을 또 받을 수는 없다는 것만큼은 확실하게 이해했다.

"오, 옥좌! 어디야!?"

메이플은 암흑 속을 달리며 어딘가에 내팽개쳐 둔 옥좌를 찾는다.

한 번 취소하면 다시 사용할 때까지 시간이 걸리기 때문에 취소할 수는 없었다.

하지만 메이플이 거기까지 생각한 것은 아니다. 그저 눈앞의 위험에서 도망치려고 뛰어다니고 있을 뿐이다.

"못 찾겠어……!"

메이플은 뒤에서 무언가가 오고 있다는 것을 느끼고 오른쪽으로 왼쪽으로 좌우지간 도망쳤다.

그리고 조금씩 침착함을 되찾은 메이플은 여러 가지로 선택지를 생각하기 시작했다.

일단은 자폭 비행으로 거리를 벌자고 생각했다가, 보이지 않는 적에게 그대로 격돌하면 마지막이라 시도해 볼 수 없겠다고 단념했다.

지금은 달려서 도망치는 것밖에 방법이 없는데, 때때로 뒤쪽에서 차가운 바람이 느껴져 메이플의 얼굴이 파랗게 질렸다.

거친 숨을 내뱉으며 뛰어다니다가, 또 한 가지 생각난 것을 실행한다.

"시럽을 되돌리고…… 좋아, 【정령포】도 쓸 수 있어! 이거라면…… 옥좌도 취소하자!"

메이플이 이거라면 어떻게든 될 거라 생각해 달리려 했을 때, 무언가가 메이플의 다리의 자유를 빼앗았다.

"엑…….'"

메이플이 오른발을 보자, 지면에서 튀어나온 하얀 손이 다리에 걸려 있었다.

"으으윽! 이거 놔! 앗…….'"

메이플의 몸을 차가운 두 손이 감싼다.

다리를 붙잡은 흰 손에 의해 지면에 붙박여 있어서 상승하지는 않지만, 보스의 관통 공격에 의한 죽음은 다가온다. HP가 0이 되어도 이제 【불굴의 수호자】는 발동하지 않는다.

메이플은 급히 시럽을 불렀지만 머릿속이 정리되지 않아서 제대로 지시를 내릴 수 없었다.

"어, 어! 앗, 어어, 어쩌지!"

그리고 당황한 메이플은 얼마 안 남은 시간에 할 수 있는 일,
몸에 밴 있는 대응을 반사적으로 행했다.

"【포식자】, 【흘러나오는 혼돈】, 【백귀야행】, 【히드라】, 【정
령포】, 【대자연】!"

메이플 뒤에 요괴들이 행렬을 이루고, 어둠 속에서 두 거대
도깨비가 일어선다.

양 옆구리에서 손발이 없는 괴물이 두 마리 나타나고, 메이
플의 정면으로 괴물 한 마리가 히드라와 함께 빠져나간다.

어둠 속에서 지면을 꿰뚫고 두꺼운 덩굴이 꿈틀거리고, 굉
음과 함께 정령포가 히드라의 뒤를 좇는다.

도깨비가 뿜어내는 불꽃이 어둠 속을 뒤덮고, 괴물이 씹는
소리와 방망이가 내리쳐지는 소리가 덩굴이 뻗는 소리 사이
로 울려 퍼진다.

"우우우우웃!"

메이플은 일제공격으로 구속이 느슨해진 틈에 꺼낸 부적을
뒤덮으러 다가오는 손을 향해 정신 없이 붙인다.

한순간 뒤에는 죽을지도 모른다는, 처음 느끼는 불안이 메
이플을 엄습한 것이다.

그러나 메이플이 HP를 빼앗기기 전에 쩡 하는 소리가 나고.

암흑에 눈부신 빛이 내리쬐었다.

"으에……?"

유리가 깨지듯이 암흑이 바깥쪽부터 무너지고, 그 너머에서 빛이 철철 넘쳐흐른다.

그리고 암흑이 완전히 사라지고 어둠 속이었던 공간은 하얀 방으로 바뀌어 있었다.

"하아……. 에헤헤, 다들 고마워."

메이플은 안심했는지 뒤로 벌렁 넘어가 그대로 위를 봤다.

그리고 자신을 내려다보는 모두에게 다정하게 미소 지었다.

"……아차, 우선 포션, 포션!"

벌떡 일어나서 인벤토리에서 꺼낸 포션을 마신다.

메이플은 HP를 완전히 회복하고 천천히 일어섰다.

"후우…… 위험했어. 그런데 뭐가 통했던 거지? 즉사?"

메이플은 쭈욱 기지개를 켜고 주위를 둘러본다.

조금 전의 암흑과는 완전히 다르게 어디를 보아도 온통 하얀 색이다. 전체의 넓이가 얼마인지도 알 수 없는 공간이 메이플 주위에 펼쳐져 있었다.

"무언가…… 있다! 아, 도깨비 아저씨, 또 봐요!"

메이플이 손을 흔들자, 출현 시간이 끝난 요괴들이 사라진다.

메이플은 그 자리에 남은 시럽과 양 옆구리의 괴물을 데리고 발견한 것 쪽으로 향한다.

"이건 산 정상에서 봤던 것 같아. 아주 잠깐이지만……."

하얀 공간 속에 너덜너덜해진 십자가가 지면에 꽂혀 있고, 그 앞에 시든 꽃이 있다.

웅크려서 그것을 빤히 쳐다보는 메이플의 귀에 희미한 소리가 들려온다.

"고마워……. 편히 자렴……."

"누, 누구야!?"

얼굴을 확 든 메이플을 십자가에서 떠오른 빛이 감싼다.

그리고 빛이 형태를 만들더니, 메이플의 눈앞에 여성이 나타났다.

여성은 메이플에게 손을 뻗고, 그런 뒤 하늘로 오르는 빛과 함께 슥 사라졌다.

"……그 유령일까? 제령…… 성불? 한 건가…… 응?"

메이플은 목덜미에 어색함을 느끼고 만져 봤다.

그러자 목에 펜던트가 걸려 있는 것을 깨달았다.

"어라, 이거…… 로켓 펜던트네. 안에는 뭐가 있지? 음, 아까 그 여자일까? 너덜너덜해서 잘 모르겠네."

안에 있는 사진은 판별이 어려울 정도로 풍화되어 있었지만, 희미하게 여성과 꽃밭이 찍힌 것처럼 보였다.

메이플은 로켓을 목에서 빼고 손에 들어 명칭을 확인한다.

"아, 아이템이 아니구나. 장식품……【구원의 손】? 구원한 걸까? 마지막에 어떻게 했더라……."

메이플은 더없을 만큼 당황했었기 때문에, 마지막에 자신이 뭘 했는지를 정확하게 떠올릴 수가 없었다.

기억이 안 떠오르면 어쩔 수 없다고 떨쳐 버리고, 메이플은 다시 장식품을 자세히 확인한다.

『구원의 손』

장식품.

오른손, 또는 왼손의 장비 슬롯을 합계 2개 늘린다.

"오오! 이건 사리한테 딱이잖아? 나도 좀 갖고 싶지만……
두 번이나 오고 싶지는 않은걸. 애초에 어떻게 오는지도 잘 모
르겠고……."

메이플은 이미 이번에 구한 장식품을 사리에게 주기로 마음
먹은 상태다.

그래서 메이플은 곧바로 사리에게 5층 마을에서 만나자고
메시지를 보냈다.

사리에게 금방 답장이 와서 메이플은 서둘러 5층 마을로 향
했다.

메이플이 5층 마을의 길드 홈에 오니 이미 사리가 기다리고
있었다.

"사리! 미안, 갑자기 불러서."

"괜찮아. 무슨 일이야?"

"아니, 겨우 사리한테 보답을 할 수 있을 것 같아서…… 마음이 급했어. 자, 이거!"

메이플은 그렇게 말하고 인벤토리에서 신발과 로켓 펜던트를 꺼냈다.

사리는 그것들이 6층의 아이템이라는 것을 직감하고, 반사적으로 눈을 꼭 감고 얼굴을 돌린다.

그리고 잠시 후 눈을 살짝 뜨고 흘끗 아이템을 확인했다.

"음…… 음―. 괘, 괜찮으려나. 신발은 좀 징그럽지만……. 아, 안에 뭐가 있지는 않겠지!?"

"어? 으음, 아무것도 없는 것 같은데……."

메이플은 부츠의 발끝 부분을 꾹꾹 눌러서 안쪽에서 별다른 반응이 없다는 것을 확인한다.

사리는 쭈뼛쭈뼛 신발과 로켓 펜던트를 받아들더니 각각 효과를 확인한다.

"내가 생각했던 신발은 아니지만…… 강력하네. 그리고 로켓 펜던트는, 어…… 뭐야, 이거? 엄청나잖아?"

평소보다 장비를 두 개나 늘릴 수 있는 【구원의 손】의 파격적인 성능에, 사리가 메이플에게 당황한 표정을 보인다. 사리의 머릿속에서 메이플에게 묻고 싶은 말들이 소용돌이치고 있었지만 말로 잘 정리되지가 않았던 것이다.

"하나 더 구하긴 어려울 것 같다고 해야 하나, 거기까지 가는 법도 확실하게 모르겠으니까…… 잘 써!"

"아아…… 응. 잘 쓸게. 고마워!"

메이플이 활짝 웃으며 말하면, 사리는 더 이상 뭐라 대꾸할 말이 없다.

"그럼, 잠깐 시험해 보고 올게."

"응! 다녀와!"

메이플은 손을 흔들고 길드 홈에서 나가는 사리를 배웅했다.

그리고 기뻐해 줘서 다행이라고, 소파에 앉아 기쁜 듯이 몸을 흔들었다.

그리고 다음 날.

메이플은 사리에게 로켓 펜던트를 돌려받았다.

"어? 괜찮은데? 줄게."

메이플은 사리가 사양하는 거라고 생각해서 그렇게 말했지만, 사리는 고개를 가로저었다.

"메이플…… 미안해. 난 못 쓰겠어…….."

사리가 꺼질 듯한 목소리로 그렇게 말했기 때문에 메이플의 머리에 물음표가 떴다.

"메이플, 필드에서 장비해 봐. 난 길드 홈에 있을게…….."

그렇게 말하고 사리는 길드 홈 안쪽으로 도망치듯 사라졌다.

"으응?"

메이플은 일단 사리가 말한 대로 필드에 나가 【구원의 손】을 장착했다.

"으엑!?"

메이플의 등 쪽에서 투명한 손이 두 개 슥 나타나, 메이플이 봤을 때 좌우 앞쪽 허공에 정지했다.

"앗……. 아아, 그렇구나……. 아니, 성불 못 했잖아!"

【구원의 손】이란 말 그대로 손이었던 것이다.

메이플의 시야에서 떠다니는 손은 손목밖에 없어서, 사리가 받아들일 수 있을 리가 없다.

"그리고 사리도 구해주지 못했잖아! 오히려…… 어휴!"

메이플은 다음번에는 제대로 자신이 효과를 확인한 다음 선물하자고 반성했다.

사리에게 선물하는 건 실패했지만 메이플 자신이 쓰는 데는 문제없다.

메이플은 일단 장비를 되돌리고, 스테이터스를 열고 자신의 장식품 슬롯을 보며 생각하기 시작했다.

메이플

Lv 50　HP 40/40〈+160〉　MP 12/12〈+10〉

【STR 0】　　　　　【VIT 250〈+1755〉】

【AGI 0】　　　　　【DEX 0】

【INT 0】

장비

머리【없음】　　　　　몸【흑장미의 갑옷 : 흘러나오는 혼돈】

오른손 【초승달 : 히드라】　왼손【어둠의 모조품 : 악식】

다리　【흑장미의 갑옷】　신발【흑장미의 갑옷】

장식품【인연의 가교】

　　　【터프니스 링】

　　　【생명의 반지】

스킬

【실드 어택】【몸놀림】【공격 피하기】【명상】【도발】【고무】

【HP강화(소)】【MP강화(소)】【대형 방패의 소양Ⅶ】【커버 무브Ⅵ】

【커버】【피어스 가드】【카운터】【절대방어】【극악무도】

【자이언트 킬링】【히드라 이터】【봄 이터】【쉽 이터】【불굴의 수호자】

【사이코키네시스】【포트리스】【헌신의 자애】【기계신】【퀵 체인지】

【고독의 주법】【얼어붙는 대지】【백귀야행Ⅰ】【심록의 가호】

【천왕의 옥좌】【명계의 인연】

"으음…… 【구원의 손】을 장비하려면 반지 하나를 빼야 하는데…… 【인연의 가교】는 뺄 수 없지."

【인연의 가교】를 빼면 시럽을 부를 수 없다.

시럽은 소중한 파트너이니, 빼다면 【터프니스 링】과 【생명의 반지】 중 하나다.

"그럼…… 【터프니스 링】일까. HP는 30 줄어들지만…… 그만큼 방어력을 올리면 되겠지."

메이플은 고개를 끄덕이고, 【터프니스 링】을 빼서 인벤토리에 넣고 대신 【구원의 손】을 장착했다.

메이플의 양 옆에 흰 손목이 슥 나타나 공중에 떠 있다.

그리고 메이플은 장비 슬롯이 두 개 확장된 것을 확인했다.

"우선…… 【백설】이랑 【자수정 결정체】로 할까? 【퀵 체인지】에 등록한 장비는 안 되는 것 같으니까."

장비를 다 장착한 메이플의 【VIT】는 70 더 상승했다. 스킬을 포함하면 6배가 된다.

메이플에게는 【구원의 손】이 각각 방패를 든 것이 보였다.

"아! 움직일 수 있어. 그런데…… 어려워."

메이플이 머릿속에서 양손을 움직이는 모습을 떠올리자, 떠 있는 양손이 그대로 움직인다.

마치 손이 두 개 더 늘어난 듯한 감각이었다.

"【포학】은 쉽게 움직일 수 있는데. 이건 좀, 으으…… 어려워."

메이플은 한동안 방패를 움직이는 연습을 해 봤지만, 양쪽이 똑같이 움직이거나 한쪽에 의식이 너무 집중돼서 다른 한쪽이 완전히 멈춰 버리는 등, 능숙하게 구사하기까지는 시간이 걸릴 것 같았다.

"일단 이렇게 할 수만 있으면 돼!"

메이플은 두 개의 방패를 눈앞에 쭉 모으고 자기가 들고 있는 방패도 들어 올린다.

앞에서 방패 세 개가 벽을 만들어서, 어지간한 것은 다 막힐 것이다.

"이것만 연습하자. 응!"

메이플은 잠시 그 자리에서 양쪽 방패를 끌어당기는 연습을 계속했다.

"방패 쓰는 법을 더 배워야겠어⋯⋯. 크롬 씨에게 물어볼까."

메이플은 그렇게 생각하고 일단 길드 홈으로 돌아갔다.

메이플의 방패 추가는 스킬이 아니라 장식품 효과라서 마을 안에서도 그대로다.

그래서 길 가던 사람들이 모두 메이플 쪽을 두 번씩 보거나, 놀란 나머지 멈춰 서거나, 길드에 보고하려고 사진을 찍거나 하는 사태가 발생했다.

하지만 메이플은 그런 일들을 눈치채지 못한 채 길드 홈으로 들어갔다.

그리고 때마침 크롬이 느긋이 쉬고 있던 참이었다.

"오, 메이…… 그렇군."

크롬은 무언가 깨닫고, 애써 밝게 웃으며 메이플에게 다가왔다.

메이플은 마침 잘됐다는 듯이 크롬에게 달려갔다.

"크롬 씨! 방패를 잘 쓰는 방법을 가르쳐 주실래요?"

"그건…… 뭐, 그 둥둥 떠 있는 것의 사용법 말이야?"

"맞아요! 손을 늘렸는데 잘 다룰 수가 없어서요."

"뭐, 늘어나는 건 아닐 텐데 말이지……."

그래도 크롬은 할 수 있는 일은 하려고 메이플을 안쪽 【훈련장】으로 데려갔다.

거기서 【천왕의 옥좌】를 선보이는 바람에 크롬의 뇌가 터져버렸다.

그리고 한번 해 보자며 모의전을 시작했지만, 결국 방패를 잘 다루지 못하더라도 거의 문제없다는 결론이 나왔다.

옥좌에 앉아 있으면 간혹 받는 관통 공격 정도는 문제가 없고, 애초에 방패가 늘어났기 때문에 관통 공격이 직격할 확률은 더 줄어들었다.

옥좌에서 일어나면 【포학】이 있고, 그게 아니어도 【불굴의 수호자】로 살아남는다. 옥좌에 앉은 동안 움직일 수 없는 메이플의 몫도 파티 멤버가 공격에 힘을 쏟아서 메꿀 수 있다.

"나는 못 하겠지? ……뭐, 옥좌가 필수 조건이니 못 하겠군.

하지만 만능인 것도 아니야."

　아예 이렇게 되면 부족한 부분만이라도 메워 주자고 마음을
정한 크롬은 다시 메이플을 지도하기 시작했다.

────────────────────────────────

　641이름:무명의 방패 유저
　안녕

　642이름:무명의 창 유저
　말 안 해도 무슨 일인지 알아

　643이름:무명의 활 유저
　늘어났잖아
　메이플 주위에 방패가 말이야
　아니, 손 자체가 말이야!

　644이름:무명의 마법 유저
　아직도 방어력을 올리는 건가……

　645이름:무명의 방패 유저
　메이플이랑 모의전을 해서 감상을 말하려고 왔는데…… 다들
벌써 변화를 알고 있나

뭐 이야기할게

646이름:무명의 대검 유저
메이플한테 지장이 없을 정도만 말해도 되니까

647이름:무명의 방패 유저
오케이
그럼 먼저 겉보기에 손이 늘어난 얘기부터
그건 방패의 수치랑 스킬도 반영되는 것 같아
더 철벽이 되긴 했지만 수치상으론 메이플한테는 이미 오차 정
도밖에 안 돼

그보다 단순히 메이플까지 가는 장애물이 늘어난 게 지리지
움직일 수 있는 것 같고

방패가 세 개면 공격을 맞힐 수가 없다고……

648이름:무명의 활 유저
활 유저 입장에서 보면 사망 안건인데 말이야
역시 방패는 조종할 수 있는 건가
머리가 이상해질 것 같아

649이름:무명의 방패 유저
메이플이 방패에 익숙하지 않아서 아직 잘 막지 못하지만

어디까지나 '아직' 이거든

650이름:무명의 창 유저
방패 톱 클래스가 방패를 못 쓰다니 진짜 웃겨

아직 족쇄가 달린 거나 마찬가지니까
방패 스킬은 안 배워도 된다고 내 안의 무언가가 외치고 있어

651이름:무명의 방패 유저
그리고 다음
나도 눈으로 직접 본 옥좌 말인데
등딱지에 생긴 건 역시 일반적인 사용법이 아니었어

652이름:무명의 마법 유저
그야 그렇겠지

653이름:무명의 활 유저
땅에 고정하는 게 일반적이겠지

654이름:무명의 방패 유저
지상에서도 똑같이 옥좌에 앉은 동안에는 흰 필드가 펼쳐져

그리고 옥좌는 무언가 봉인 효과를 가지고 있어
내 스킬도 몇 가지인가 봉인당했고
아마 위험할 것 같은 스킬을 봉인하는 거겠지만……
메이플 본인에게도 영향이 있는 것 같은데?
자세히는 모르겠다

그리고 자동회복이 있어

655이름:무명의 대검 유저
마지막에 나온 그건 덧붙이는 말치고는 너무 무거운데
옆에 누군가 동료를 두고 앉아 있으면 거의 이길 거 아냐

656이름:무명의 마법 유저
위험할 것 같은 스킬을 봉인하다니 메이플은 거의 전부잖아

657이름:무명의 창 유저
아니 메이플 본인이 봉인당할 수도 있어
부하들도 그렇지만 본체가 제일 위험하잖아

658이름:무명의 활 유저
앉아 있는 동안은 살살 한다는 뜻이네
왕이 일어서면…… 상상해 봐

659이름:무명의 대검 유저
원래가 방패니까 그렇다고 말하기도 뭣하지만
방패의 수호능력이 말이지—
주위에 동료가 많을수록 강하니까

길드 멤버 전원이 주위에 있으면 알현실 완성 아니냐

660이름:무명의 창 유저
호위가 이미 너무 강해
메이플의 수호 안에 있게 되면 말이지……

이건 스텔스 상태로 암살할 수밖에 없잖아

메이플도 왕이야
왕은 암살을 잘 당하니까 메이플한테도 통하겠지 분명

661이름:무명의 방패 유저
과연 어떨지

뭐 내성 계열은 독 이외엔 잘 모르겠고 모든 방어를 단단히 굳히기 전에 누군가가 쓰러뜨릴 수 있을까?

662이름:무명의 대검 유저
레이드 보스인지 뭔지한테나 기대해 봐

일반인한테는 무리
상급자한테도 무리
달인은 위험을 감지하니까 접근하지 않아

그럼 위험해도 달려들어 줄 보스를 부를 수밖에 없겠군!

663이름:무명의 마법 유저
뭐 만약 정면에서 부딪쳐서 메이플이 당하는 일이 있다면 그 보스는 또 누가 쓰러뜨릴 수 있냐는 얘기가 나올걸

664이름:무명의 방패 유저
메이플의 변화는 대충 이런 느낌이야
나는 메이플에게 방패 사용법을 가르쳐 주러 갈 테니

또 보자!

665이름:무명의 대검 유저
손도 못 대게 만들러 갔어!

666이름:무명의 창 유저
이미 손도 못 대잖아!

667이름:무명의 대검 유저
그렇지…… 그랬어

――――――――――――――――――――――――――――――

　그 후 메이플을 주군으로 한다면 어떤 나라가 만들어질까 하
는 화제가 펼쳐졌지만, 그건 또 다른 이야기이다.

7장 방어 특화와 도움.

메이플은 정기적으로 크롬에게 방패 쓰는 법을 배우면서, 시간이 나면 6층 마을을 돌아다니고 있었다.

"음, 사리에게 아이템도 줬고. 뭘 하는 게 좋을까?"

한동안 목적지도 없이 걷던 메이플은 다음 이벤트 때까지 특별히 아무것도 하지 않아도 될지도 모르겠다고 결론을 내렸다.

"느긋~하게 있는 것도 좋을지도 몰라. 유령이랑 싸우는 건 힘드니까."

메이플이 마을 벤치에 앉아 하늘을 날아가는 유령을 바라보고 있는데 메시지가 왔다.

"응? 누구지…… 앗, 미이다!"

메이플이 글을 훑어본다.

지금부터 시간이 있으면 함께 몬스터를 사냥하지 않겠느냐는 내용이 쓰여 있었다.

"딱히 할 일도 없었으니까 괜찮아…… 라고 보내자. 약속 장소는 동쪽 입구네."

메이플은 벤치에서 일어나 동문을 향해 걸어갔다.

메이플이 동쪽 입구에 오자 이미 미이가 있었다.

"미안해! 기다렸어?"

메이플이 묻자, 미이는 주위를 둘러보고 아는 사람이 없다는 것을 확인하고 나서 메이플의 질문에 대답했다.

"괜찮아. 그보다 갑자기 가자고 해서 미안해."

"아냐, 할 일도 없었는걸."

"그래? 그래도 정말 고마워. 바로 부탁해도 돼?"

"응!"

메이플은 미이 뒤를 따라 마을에서 나간다.

마을에서 멀어질수록 사람도 적어져서 미이의 표정도 느긋해진다.

"【포학】 안 써도 돼? 나한테 맞추면 엄청나게 천천히 가야 하는데……."

"괜찮아. 느긋하게 이야기하면서 가고 싶은걸."

두 사람은 각자 최근 있었던 일을 이야기하면서 목적지를 향해 간다.

지난번 이벤트는 어땠는가 하는 이야기부터, 6층의 적은 어떻다는 이야기.

미이가 마을 분위기가 좀 불편하다고 해서, 그렇다면 사리와 마음이 맞을지도 모르겠다는 이야기.

두 사람은 그런 이야기를 하면서 목적지에 도착했다.

"으음. 무덤이다."

"그러네. 여기에 도깨비불이 나오는데…… 화염 공격을 강화하는 스킬을 입수할 수 있어. 하지만 공격이 광범위하고 제법 강하거든."

"그런 거라면 맡겨줘! 【헌신의 자애】! 【천왕의 옥좌】!"

메이플의 등에서 천사의 날개가 펼쳐지고, 머리는 금색으로 눈동자는 파란색으로 바뀐다.

머리 위에 빛나는 천사의 고리가 떠올랐을 때 메이플 뒤에 하얀 옥좌가 나타났다.

메이플은 옥좌에 털썩 앉더니 미이를 보고 미소 지었다.

"언제든지 괜찮아. 아, 하지만 너무 많이 떨어지지는 마?"

"으? 아, 으, 응. 알았어."

미이는 변모한 메이플에게 억지로 눈을 떼고 솟아나기 시작한 파란 도깨비불 쪽을 본다.

"【염제】!"

미이 주위에 두 개의 커다란 화염구가 나타나 도깨비불을 잇달아 집어삼킨다.

하지만 화염 공격 강화 스킬을 주는 만큼 내성이 있는지 미이의 불꽃으로도 일격에 없어지는 못했다.

"역시 어렵나……. 조금은 강화하고 왔는데!"

미이가 팔을 휘둘러 화염구를 쏘자, 동시에 도깨비불이 푸른 불꽃으로 시야 전부를 뒤덮었다.

"……윽! 앗, 그랬지."

미이가 타오르는 불꽃 속에서 뒤돌아본다.

불길 속에서 공격을 대신 받고도 여전히 HP가 가득 찬 메이플이 옥좌에 앉아 있었다.

난공불락의 요새가 미이를 지켜주는 이상 조그마한 도깨비불이 미이를 쓰러뜨릴 수 있을 리가 없는 것이다.

"역시 대단해……. 이러면 언제든 MP를 회복할 수 있겠네."

MP 포션을 사용하면서 미이는 풀 파워로 공격을 계속한다. 이렇게 되자 업화로 도깨비불을 다 잡을 때까지 시간은 오래 걸리지 않았다.

솟아난 수십 마리의 도깨비불을 다 잡고 나서, 여전히 앉아 있는 메이플에게 미이가 다가온다.

"고마워, 메이플. 덕분에 살았어."

"이제 됐어? 굉장했어—! 계속 파란 불 속에 있었어…… 반짝반짝해서 예뻤어!"

"그건…… 잘됐네? 좋은 걸까? 뭐, 메이플이 아니면 볼 수 없는 풍경이라고 생각해."

"그래? 그럼 운이 좋았네!"

"그럴지도 모르겠네. 으음……. 뭔가 보답할 게 있으면 좋을 텐데…… 아! 맞다.”

미이는 무언가를 떠올린 듯한 표정을 지었다.

“메이플은 아직도 방어력을 올리고 있지?”

“응? 맞아! 대미지를 안 받게 계속 더 올릴 거야!”

“아하하, 그렇게 말할 줄 알았어. 그럼 【아이언 보디】랑 【헤비 보디】라는 스킬이 있다는 이야기를 마을 정보 상인에게 들었어. 【VIT】나 내성에 관련된 거래. 정보료는 비쌌는데 남쪽에 있다는 것밖에 안 가르쳐 줬으니까 아마 좋은 스킬일 거 같은데.”

“스킬 정보를 살 수도 있구나…….”

메이플이 눈을 동그랗게 뜨고 말하자 미이도 메이플의 표정을 복사한 것처럼 눈을 동그랗게 뜬다.

“모, 몰랐어? ……돈은 좀 많이 들어. 하지만 좋은 스킬이 있을 때도 있어.”

그렇게 말하고 미이는 메이플에게 6층의 정보 상인이 있는 장소를 가르쳐 주었다.

“으으……. 아직 모르는 게 많아. 고마워, 미이.”

메이플은 확실하게 메모하고, 미이에게 감사했다.

“나야말로 고마워. 아~ 역시 공격에 집중하니까 좋네!”

미이는 기지개를 쭉 켜면서 메이플에게 웃는 얼굴을 보인다.

“아, 맞다! 모처럼 만났는데 잠깐 어디 안 갈래? 물론 지금 시간이 된다면 말이지만.”

"좋아. 메이플 덕분에 후다닥 해치웠으니까, 어디 밥이라도 먹으러 갈까."

"좋아, 결정! 그럼 가자! 좋은 가게를 알고 있어!"

"후훗, 메이플은 필드보다 그런 쪽을 더 잘 알 것 같아."

"……그럴지도?"

그런 이야기를 하면서 두 사람은 6층 마을로 돌아왔다. 그리고 미이는 메이플의 안내로 마을 구석에 있는 찻집에 들어갔다.

미이는 가게 안을 둘러보고 다른 플레이어가 아무도 없다는 것을 확인하자 메이플에게 말했다.

"인테리어는 차분하고 평범하네."

"6층은 폐가처럼 생긴 가게도 많지만 안은 다 깔끔해서 있기 편해."

길드 홈도 내부가 깔끔해서 다행이라고 메이플은 혼자서 고개를 끄덕였다.

두 사람은 창가 자리에 앉아 주문을 끝내고 느긋하게 대화하기 시작했다.

"미이는 저번 이벤트 어땠어?"

"나? 나는 우연히 미저리도 만나고 해서 제법 탐색을 많이 했어. 아, 크롬이랑 카나데랑도 탐색했는데…… 역시 다들 강하더라."

"후후후. 우리 자랑스러운 길드 멤버들인걸!"

"메이플은 어땠어?"

"난 결국 한 번밖에 안 갔어. 아이템도 잘 안 나왔고, 역시 모두랑 함께 놀고 싶은걸! 하아…… 빨리 새로운 층이 와서 사리가 돌아왔으면 좋겠다."

"응? 그러고 보니 사리가 안 보이네. 무슨 일이야?"

지금까지는 필드를 뛰어다니며 이상한 회피력으로 몬스터를 유린하는 사리의 모습이 자주 보였던 것을 미이는 돌이켜 봤다.

"으음……. 사리는 분위기가 6층 같은 곳을 꺼려서 6층에는 거의 안 올 정도야."

"오…… 엑, 그렇구나? 어쩐지 의외야. 뭐든지 할 수 있을 것 같은 완벽한 이미지였어."

"응, 그래서 지금은 계속 5층에서 레벨을 올리고 있어. 나도 가끔 가지만."

"사이가 좋구나, 좋겠다."

"에헤헤, 밖에서도 계속 같이 있거든!"

그렇게 말하고 메이플은 기쁜 듯이 웃는다. 처음에는 다소 억지로 끌려왔긴 하지만, 어쩌면 메이플은 사리보다 이 게임을 더 즐기고 있는지도 몰랐다.

"미이는 길드 사람들이랑 탐색 안 해?"

"아하하……. 음. 그야 자주 가지만, 메이플이랑 있는 게 마음이 편해. 그리고 미저리한테도 들켜서 같이 있으면 엄청 편해!"

미이는 메이플이 아닌 사람과 파티를 짜고 싸울 때 항상 연기해야 하기 때문에, 도저히 적극성을 발휘하기 힘들다.

"이럴 줄 알았으면 이런 캐릭터로 만들지 않았을 텐데…….으으."

"음, 역시 힘들 것 같아."

"그래! 힘들어! 멋있는 스킬을 손에 넣고 흥이 나서 이런 캐릭터로 굳혀 버린 내가 바보였어……."

미이는 테이블 위에 엎드려 이마를 꾹꾹 문댄다.

순조롭게 강해지고, 신나서 연기하는 사이에 점점 일이 커져서, 정신을 차려 보니 길드 마스터다.

"그럼 또 언제든지 날 불러! 왜 있잖아, 기분 전환 삼아서!"

"응, 부탁할게……."

미이가 엎드린 채 그렇게 대답했을 때 딸랑딸랑 소리를 내며 가게 문이 열린다.

그리고 메이플은 아는 얼굴과 눈이 마주쳤다.

"아, 역시 메이플이랑 미이다~. 야호~."

"프레데리카랑 카스미? 별일이네, 둘이서 같이 있고."

그 말을 듣고 미이는 벌떡 일어나 자세를 바로잡는다.

"적진 정찰이라는 느낌으로~ 길드 홈에 가 봤는데 사리가 없잖아~."

"아하하, 평소의 그거네."

프레데리카가 정찰 핑계로 사리와 결투하러 오는 것은 늘 있는 일이다. 이기면 그만둔다고 말하면서 정기적으로 찾아와서는, 사리에게 지고 이즈에게 홍차를 얻어 마시고 돌아가는 것이 일상이었다.

"대신 카스미를 뺑~ 날려 버리려고~."

"그래서 베고 온 참이다."

"……그랬지~."

조금 울컥한 기색으로 프레데리카가 카스미와 옆 테이블에 앉는다.

"오늘은 이즈도 없었으니. 나도 탐색이 끝나서 휴식에 동행하기로 했지."

밖에서 창가에 있는 두 사람이 보여서 여기로 들어왔다고 했다.

"우리도 몬스터를 사냥하고 온 참이야! 미이가 진짜 굉장했어. 다 불태울 기세였다니까! 불꽃도 예뻤어."

메이플은 미이와 함께 몬스터를 사냥했을 때 번쩍이는 불꽃이 넘쳐흐르던 풍경을 떠올리며 미이 쪽을 본다.

"……나 역시 연마를 거듭하고 있다. 더욱 강력한 마법과 스킬도 익혔지."

"앗…… 으, 응! 그런가, 그렇구나."

속내를 숨기거나 거짓말하는 데 익숙하지 않은 메이플은 미이의 분위기가 확 바뀐 것에 조금 당황하면서 맞장구를 친다.

"……? 아~ 됐어. 메이플한테도 언젠가 복수해야지~. 제4회 이벤트에서 당하고 끝났으니까~."

"웃, 나도 안 져! 절찬리 성장 중이거든!"

"우리도 페인이 성장 중인걸~."

"그럴 때는 본인의 성장을 말해야 하지 않나."

카스미가 그렇게 말하자 프레데리카는 조금 슬픈 듯한 얼굴을 하면서, 그게 가능했으면 이미 했다고 대답했다.

"메이플에게 이길 생각이라면 나 정도는 쓰러뜨려야지."

"갑자기 뒤로 이동하는 건 치사해~……."

"사리는 처음 보고 피했다."

"우우…… 더 치사하잖아."

"에헤헤, 사리는 굉장하니까!"

"다음 이벤트…… 언제 하는지는 모르지만 그때는 이길 거야~. 미이도 그렇지~?"

"어? ……아, 그래, 그렇지. 나도 【염제의 나라】 길드 마스터로서 지고만 있을 수는 없다."

헛기침을 한 번 하고, 미이는 연기도 뭣도 아닌 대담한 미소를 띠고 메이플에게 선언했다. 그것을 보고 메이플도 주먹을 꽉 쥐고 맞서 선언했다.

"받아주겠어—! 아, 그치만 관통 공격은 없었으면 좋겠다."

"그게 없으면 이길 수 없잖아~. 게다가 어쩐지 요새 이상한 메이플의 목격 정보도 있고, 뭔가 이상한 소환도 내 눈으로 봤고~……."

프레데리카의 말에 메이플은 이상한 거란 게 뭘까 하고 돌이켜 본다.

"어, 어느 거 말이지?"

아무리 메이플이라도 지금까지 몇 번이나 사람들이 놀라는 것을 본 것이다. 프레데리카와 마지막으로 싸우고 나서도, 이상하다는 소리를 들을 것 같은 스킬을 몇 개인가 얻었다는 자각은 있었다.

"으응!? 몇 개나 되는 건가."

"나도 모르는 것이 있을 듯하군."

"지금까지만 해도 메이플이 가운데에 서 있는 것만으로도 강한데~."

프레데리카가 메이플의 광범위 커버는 자기 혼자서는 완전히 대응할 수 없다는 말을 흘린다.

"다음부터는 앉아서 싸울 수 있어! 으음, 저기, 옥좌를 꺼낼수 있게 됐거든!"

"흐에? 그…… 그렇구나~."

"메이플이 그러는 것에는 이미 익숙해졌지만…… 그 옥좌는 처음 봤을 때 눈을 의심했다."

프레데리카는 놀란 기색을 보였지만, 카스미의 말에 미이도 처음 봤을 때는 놀랐다고 혼자 고개를 끄덕인다.

그리고 주문한 디저트와 음료를 즐기며 네 사람은 이야기를 계속하다, 어느 정도 시간이 지나자 카스미와 프레데리카는 이 뒤에도 볼일이 있다며 가게를 나섰다.

"메이플의 거북이처럼 데리고 다닐 수 있는 몬스터를 찾고 있거든. 6층이라면 고스트 같은 것도 있을까 해서."

떠날 때 그렇게 말한 프레데리카의 눈을 메이플이 빤히 쳐다보자, 프레데리카는 뭔가 켕기는 듯이 눈을 피한다.

"음⋯⋯. 사리한테 쓰면 안 돼!"

"에헤헤~ 들켰어?"

"다음 대전 이벤트에서 물어뜯으러 갈 거야⋯⋯."

메이플은 그렇게 말하고 장난스럽게 이빨로 딱딱 소리를 낸다.

전장에서 진짜로 만날 때는【포학】을 사용하기 때문에, 결코 이런 귀여운 것이 아니다.

"메이플이라면 진짜로 할 수 있으니까⋯⋯. 저번 이벤트에서도 깜짝 놀랐는걸~."

"오늘 분위기로는 나도 결투 상대에 들어간 듯하니 말이지. 또 자주 올 테니, 메이플도 한번 상대해 주는 게 좋겠군."

"으엑? 그, 그건 됐어~."

프레데리카는 도망치듯이 후다닥 거리를 벌리더니, 바이바이 하고 손을 흔들고 카스미와 함께 가게를 나갔다. 남은 사람은 메이플과 미이뿐이다.

"……갔어?"

"응, 갔어!"

메이플이 그렇게 말하자 미이는 크게 숨을 내뱉으며 축 늘어져 의자 등받이에 체중을 맡긴다.

"아, 위험했어……. 갑자기 만나다니. 방심했어."

"나도 갑자기 미이가 빈틈없어져서 좀 놀랐어."

"으……. 역시 들킨 사람 앞에선 연기하기 부끄러워……."

미이는 머리를 긁으면서 천천히 심호흡하여 마음을 진정시킨다.

"다음에는 좀 더 아는 사람이 없을 곳으로 갈까. 지금까지 갔던 층에서 사리랑 같이 탐색도 했으니까 좀 많이 알아!"

"역시 잘 아는구나, 엄청 즐기고 있네."

"이래 봬도 아직 안 가본 곳이 많아서, 즐길 수 있는 곳도 엄청 많이 남았는걸?"

메이플이 가고 싶은 장소를 하나하나 손가락을 꼽아가며 즐거운 듯이 열거하는 것을 보고 미이도 자연스레 얼굴에 웃음이 번진다.

"좋네, 즐거워 보여. 나도 미저리랑 여기저기 돌아볼까?"

"그럼. 레벨 올리기만 하다 보면 지치잖아!"

메이플이 "나도 언제든지 같이 갈게."라고 덧붙이고, 관광 동지가 늘어났다며 만족스러워한다.

"나도 또 뭔가 정보가 있으면 가르쳐 줄게. 메이플은 재미있어 보이는 장소 같은 걸 찾아 둬."

"오케이! 맡겨 둬!"

이렇게 해서 미이와 헤어진 후, 메이플은 미이가 알려준 스킬을 찾기 위해 남쪽으로 향했다.

8장 방어 특화와 두 소녀.

메이플이 땅에서 튀어나오는 뼈로 된 손에 발이 붙들리기도 하면서 남쪽으로 걸어가자, 이전에 사리와 찾아갔던 유령 저택에 필적할 만한 커다란 저택이 보이기 시작했다.

"음……. 탐색하고 싶지만 실내에선【포학】도 못 쓰고……. 어쩌지?"

메이플은 조금 망설였지만 안으로 들어가기로 했다.

"안녕하세요. 오오, 넓다……."

눈앞에는 넓은 현관.

2층으로 뻗은 계단과 지하로 내려가는 계단.

그리고 정면 벽에는 다 헤진 남자의 초상화가 간신히 남아 있었다.

"음…… 어디서부터 탐색할까. 역시 지하인가? 지하는 뭔가 있을 것 같으니까."

메이플은 1층을 탐색하지 않고 지하로 이어지는 계단을 내려간다.

"뭐가 있을까! 으으윽!?"

메이플은 의기양양하게 나아갔지만, 옆 벽에서 갑자기 창이 튀어나와 몸을 꿰뚫으려 했기 때문에 놀라서 소리를 지르고 말았다.

"뭐, 뭐야……. 후우. 깜짝 놀랐어……."

창은 메이플에게 닿은 순간 멈춰, 아주 조금도 몸에 파고들지 못했다.

"아. 계단이 조금 눌렸네. 밟으면 발동하는 함정이었을까?"

메이플은 몸을 숙이고 틈새를 지나 다시 전진한다.

계단을 내려간 곳에는 긴 복도가 이어지고 양쪽에 문이 몇 개나 있었다.

"전부 보고 가자. 좀 힘들겠지만."

메이플은 제일 앞에 있는 방에 들어가려고 발을 옮겼다.

그리고 그 발이 복도에 팽팽하게 달린 실을 뚝 끊고 말았다.

"응? 으응!?"

갑자기 머리 위에서 굉음이 울리고, 동시에 메이플이 피할 수 없는 속도로 거대한 기요틴의 칼날이 떨어진다.

그리고 칼날은 메이플의 머리에 딱 맞고 부서졌다.

"……? ……??"

메이플은 머리를 만져 봤지만 딱히 아무렇지도 않았다.

가벼운 충격이 전해져 왔을 뿐이다.

주위에는 부서진 칼날이 굴러다니고 있어서 메이플은 웅크려 그것을 주워들고 고개를 갸우뚱했다.

"약해져 있었나? 그런데 지하에 내려온 건 실수였을지도 모르겠어. 이런 것만 있으면 깜짝 놀라잖아……."

메이플은 또 무슨 일이 일어나지 않는지 주위를 확인했지만 특별히 수상한 점은 없어 보였다.

"우선은 일단 위로 돌아갈까……. 어라?"

메이플이 그렇게 말하고 돌아보자, 원래 있어야 할 계단이 없어지고 무기질적인 벽만 있다.

"어, 어째서!?"

메이플은 부술 수 있을지도 모른다고 생각해 방패를 벽에 밀착했지만 【악식】은 발동하지 않아서, 그저 파괴할 수 없는 벽이라는 것만 알았다.

"……어쩔 수 없지! 그럼 탐색을 계속하자. 찾던 스킬이 있을지도 모르고!"

그렇게 말하고, 마음을 다시 먹은 메이플은 또 조심성 없이 발을 내디뎠다.

이번에는 내린 오른발 밑의 바닥이 덜컹 소리를 내며 가라앉더니 메이플의 양쪽에 있는 벽이 다가온다.

"자, 잠깐만!"

메이플은 곧바로 달리기 시작했지만 긴 복도를 빠져나가기도 전에 벽에 끼여 움직일 수 없게 되고 말았다.

"찌부러지……지는 않는 것 같네? 그치만 움직일 수가 없어……. 으으으."

메이플은 억지로 병기를 전개하거나【히드라】를 사용해 보기도 했지만, 조금 전과 마찬가지로 벽은 부서지지 않았다.

그렇게 메이플은 양쪽에서 살짝 눌리는 느낌을 받고 있었는데, 잠시 후 벽이 천천히 원래 위치로 돌아가기 시작했다.

"어떡하지. 바닥에도 공중에도 뭔가 있을 것 같아······."

메이플은 그 자리에 가만히 굳고 말았다.

애초에 메이플에게는 어떤 공격도 통하지 않으니 전혀 함정을 걱정할 필요가 없지만, 본인은 그 사실을 깨닫지 못했다.

"해결 방법은······. 음······!"

그러던 메이플은 잠시 후 뭔가 떠올린 듯한 표정을 지었다.

"영······차. 이렇게 하고 다음은 위에서 덮어서······ 됐다!"

메이플은【구원의 손】으로 공중에 띄운 방패 하나를 허리 높이까지 내리더니, 몸을 잘 숙여서 누웠다.

그리고 위에서 다른 방패 하나로 몸을 덮고, 손을 뻗어【어둠의 모조품】을 앞으로 겨눈다.

메이플은 마치 조개처럼 위아래로 방패 사이에 끼여서【구원의 손】을 조종해 땅에서 둥실 떠올랐다.

"됐다, 잘됐어! ······이걸로 함정은 안 밟을 테니까 괜찮아!"

메이플은 그대로【구원의 손】을 앞쪽으로 내민다는 이미지로, 방패 사이에 낀 상태로 지면의 트랩을 피하면서 복도를 나아간다.

그리고 쭉쭉 나아가다가 눈앞에서 벽과 벽을 잇는 듯이 반짝 빛나는 실을 발견했을 때는 이미 늦어서.

"앗!? 잠까……!"

메이플은 조급해진 탓에 【구원의 손】을 잘 움직이지 못하고 그대로 전진해 【악식】으로 멋지게 실을 끊어 버렸다.

조금 전과 마찬가지로 튀어나온 창은 메이플에게 대미지를 주지 못했지만, 메이플은 자신의 작전이 잘 되지 않은 데 울컥한 표정을 지었다. 그리고.

"【발모】!"

그 목소리와 함께 뻗어 나온 털이 메이플과 주위의 방패 세 개를 감싸, 이번에는 공중에 뜬 새하얀 거대 털뭉치가 완성된다.

"몰라, 몰라ー. 함정 소리 같은 건 안 들려ー."

메이플은 온몸을 털뭉치 안에 집어넣고 그대로 복도를 날아간다.

도중에 함정이 몇 번이나 메이플을 덮쳤지만 그런 것은 메이플의 눈에 들어오지 않았다.

기요틴도 독화살도 지면이나 천장에서 튀어나오는 창도, 전부 발동은 하지만 메이플을 상처 입히지는 못한다.

이 저택의 함정은 이미 메이플이 반응조차 하지 않는 존재가 되고 만 것이다.

"벽에 닿으면 꺾어서…… 제일 안쪽부터 가자! 좋은 건 안쪽에 있을 것 같으니까. 중요한 물건은 안쪽에 감추겠지!"

이렇게 해서 부유하는 털뭉치는 발동한 모든 함정을 뭉개버리면서 안쪽으로 나풀나풀 날아간다.

그리고 한동안 나아갔을 때.

"앗, 벽에 부딪쳤으니까 왼쪽……은 못 가는구나. 그럼 오른쪽! ……어라?"

둥둥 날아간 메이플은 함정 소리를 너무 많이 듣는 바람에 철컥철컥하는 기동음에 익숙해져 버렸다.

"어떻게 된 거지……. 앗!?"

오른쪽, 왼쪽은커녕 뒤로도 돌아갈 수 없게 된 메이플은 털뭉치에서 얼굴을 쏙 내밀었다.

그리고 철책으로 둘러싸인 감옥에 갇혔다는 것을 깨달았다.

"부서져랏!"

메이플은 팔을 쭉 뻗어 방패를 내밀고 철책에 댄다.

그러자 철책에 【악식】으로 구멍이 뚫리고 감옥 자체가 빛이 되어 사라졌다.

"뭐야, 별로 안 튼튼했네. 안 보이면 곤란하니까 얼굴 정도는 꺼내 놓을까…….."

메이플은 얼굴만 털뭉치에서 꺼내기로 하고 다시 나아가기 시작했다.

벽에서 독가스가 나오기도 하고 바닥이 쩍 갈라지기도 했지만, 메이플은 변함없이 노 대미지로 팔팔하다.

"앗, 막다른 길이다. 많이 왔으니까 여긴 이미 안쪽이겠지?"

메이플 앞에는 문 하나가 있었다.

제일 안쪽부터 바깥쪽으로 탐색하기로 결정했던 메이플은 털뭉치에서 손을 뻗어 손잡이를 돌린다.

"영차……, 문에 걸려서…… 으으으, 들어갔다!"

몸을 덮은 털을 억지로 문틈 속에 밀어 넣고 메이플은 쑥 하고 실내로 들어갔다.

그리고 실내를 둘러봤다.

벽에 동일 간격으로 늘어선 작은 촛불이 넓은 방을 희미하게 밝히고 있다.

바닥이나 벽은 흠집투성이로 너덜너덜하고, 벽 쪽에는 오랫동안 사용한 듯한 갑주가 몇 개나 늘어서 있었다.

갑주는 손에 무기를 쥐고 있는데, 멀리서 보기에는 아직 쓸 수 있을 것 같았다.

그리고 정면에는 더욱 호화로운 갑주가 있어서 메이플은 그것을 눈여겨봤다.

"저게 보스일까? 뭔가 있겠지?"

메이플은 둥실둥실 날아서 다가가려다가, 방 중앙까지 왔을 때 바닥에 종이 한 장이 떨어져 있는 것을 알아차렸다.

"어차차……. 높이를 낮춰서."

메이플은 땅에 둥실둥실 내려가 털뭉치에서 손을 내밀어 종이를 주워들고 내용을 확인했다.

"이런 건 수기(手記)라고 하던가? 으음, 어디 보자……. 작동한 함정만큼 강해진다……? 우와앗!?"

거기까지 읽었을 때, 천장에서 사슬이 몇 개나 소리를 내며 미끄러져 내려오더니 순식간에 메이플을 감아올렸다.

반응하기도 전에 사슬에 둘둘 감겨, 털뭉치 상태의 메이플은 그대로 공중에서 움직일 수 없게 되고 말았다.

【구원의 손】으로 방패를 움직여 봤지만 단단히 구속되어 있는지 흐늘흐늘 흔들릴 뿐 도망칠 수 없었다.

"어, 어떡하지……."

메이플이 매달려 있는 와중에, 대략 스무 개는 되는 주위의 갑주가 천천히 움직이기 시작한다.

그리고 딱 하나 호화로운 모습을 한 갑주는 그것들보다도 기민하게, 마치 사람이 안에 있는 것처럼 움직이기 시작했다.

"자, 작전 타임!"

메이플은 털뭉치 안에 머리를 집어넣고 상황을 정리하기 시작했다.

"일단…… 공격당하고 있지만 괜찮은 것 같으니까. 잠깐 봐볼까."

메이플은 털뭉치를 헤치고 머리를 내밀어 주위 상황을 확인한다.

그러자 때마침 메이플에게 검 한 자루가 날아오고 있던 참이었다.

검은 털뭉치에 튕겨나갔지만 공중에 정지하더니, 잠시 지나자 다시 메이플을 향해 날아온다.

"엑!? 던지고 있는 게 아니네⋯⋯."

메이플은 전부 던지고 나서 틈이 생길 일은 없음을 깨닫고, 그 밖에도 뭔가 없는지 눈에 힘을 주고 찾기 시작했다.

"응? 저 호화로운 갑주⋯⋯."

메이플은 처음부터 눈여겨봤던 호화로운 갑주를 주시했다. 파르스름한 빛을 띤 갑주는 직접 공격하지 않고 가만히 서 있을 뿐이다.

메이플은 그 갑주와 똑같은 빛을 날아오는 검이나 창이 뿜어내고 있다는 것도 알아차렸다.

"먼저 저 갑주를 잡는 게 좋을 것 같아! 【전 무장 전개】!"

털뭉치에서 튀어나오는 검은 기둥.

무수한 손발처럼 뻗은 몇 개나 되는 기둥에는 단 하나의 예외도 없이 총이나 포가 달려 있다.

"【공격 개시】!"

메이플이 총격을 개시하자 떠 있던 검과 창이 호화로운 갑주와의 사이에 끼어들어 빠르게 회전하며 총탄을 튕겨낸다.

"굉장해⋯⋯! 가 아니라, 그럼 【히드라】!"

조금 전에는 힘을 빼고 공격했었다는 듯이, 이번에는 히드라가 검을 집어삼키며 튀어나간다.

그것은 안쪽의 호화로운 갑주에 직격해 지면을 독의 바다로 바꾸면서 다른 갑주들을 침식해 나간다.

그러자 떠 있던 무기가 땅에 떨어지고 메이플을 공격하고 있던 것들은 전부 사라졌다.

"앗, 사슬도 벗겨졌다. 이걸로 끝일까? 좋아, 양털은 이제 됐겠지."

메이플이 아이템을 꺼내 양털에 불을 붙이자 메이플을 덮고 있던 털이 확 사라진다.

메이플은 태세를 정비하고 땅으로 뛰어내렸다.

"영차. 자아 그럼, 뭐가 있을까."

그리고 메이플이 한 발 내디디려 했을 때, 히드라의 직격으로 파괴되고 말았던 호화로운 갑주에서 파르스름한 빛이 흘러넘쳐 공중에 모여든다.

"뭐지?"

메이플이 특별히 방어태세를 취하지도 않고 그 광경을 보고 있자, 빛은 이윽고 형태를 만들더니 다시 색이 변했다.

그리고 파르스름한 빛이 옅어진 뒤 공중에 떠 있는 것은 아직 어린 소녀였다.

황폐한 저택의 분위기에 어울리지 않게 밝은 녹색 바탕의 예쁜 드레스, 긴 은발에 녹색 눈동자.

소녀는 메이플을 보고 쿡쿡 웃는다.

황급히 방패를 들자 메이플 뒤에서 손이 슥 나왔다.

메이플이 확 뒤돌아보자 그곳에는 녹색 소녀와 비슷하게 생긴 밝은 빨간 드레스 차림의 소녀가 있었다.

"안 돼. 이제 이런 위험한 건 버려야지?"

메이플의 방패와 갑옷이 멋대로 벗겨지더니 둥실 떠오른다. 그것은 희미한 보라색 빛에 감싸여 스으 사라져 버렸다.

"어!? 자, 잠깐!"

"놀자, 언니야."

녹색 옷의 소녀가 공중에서 빙글빙글 돌며 그렇게 말하자, 파르스름한 빛을 두른 갑주가 철컹철컹 소리를 내며 일어나서 공중에 스으 떠오른다.

"언니, 놀자."

빨간 드레스 소녀가 그렇게 말하자, 지면이 일그러지고 벽이 무너져 공간이 엉망진창으로 바뀌어 간다.

존재하지 않았던 복도가 몇 개나 생기고 바닥과 천장에 문이 나타나, 저택은 원래 모습과 완전히 달라졌다.

""열을 세면 움직여도 돼.""

두 사람은 그 말만 하고 나란히 키득키득 웃고는, 각각 파란색과 보라색 빛으로 바뀌어 벽을 빠져나가 사라졌다.

두 명의 소녀는 메이플이 상황을 파악하지 못하고 허둥대는 사이에 완전히 모습을 감추고 말았다.

"엑!? 어? 에엑!?"

메이플이 당황하여 주위를 둘러보자 파르스름한 빛을 두른 갑주가 몇 개나 발맞추어 다가오고 있었다.

"앗, 어, 【히드라】는 안 되고, 으음, 【포학】도 무리고……. 맞다, 【전 무장 전개】!"

장비를 잃고 주력 스킬을 사용할 수 없는 지금, 【기계신】으로 사전에 대가를 지불해 두면 사용할 수 있다는 것을 떠올린 메이플은 다시 병기를 전개한다.

메이플의 몸 표면에 톱니바퀴와 튜브가 나타나고 병기가 생겨난다.

"좋아!"

"아아. 안 된다고 했는데. 위험한 걸 쓰고 있네."

"쓰고 있네."

메이플이 안심했을 때 다시 방에 소녀들의 목소리가 울려 퍼졌다.

그러자 메이플을 파란색과 보라색 빛이 에워싸더니, 전개했던 병기가 부서져 사라지고 말았다.

"말도 안 돼!!"

"나쁜 아이에게는."

"벌을 줘야지."

그 목소리와 함께 파란빛을 두른 창과 검이 바닥과 천장에서 쑥쑥 생겨난다.

검은 그대로 고속으로 날아와 메이플에게 쇄도했다.

"우왓!!"

순식간에 손으로 얼굴을 가린 메이플의 팔에 검이 충돌한다.

"옷…… 다, 다행이다. 아무렇지도 않아."

메이플은 잇달아 날아오는 창과 검, 갑주의 공격을 맨몸으로 받아 튕겨낸다.

모든 공격은 메이플의 몸 표면에서 멈추어 단 1의 대미지조차 주지 못했다.

"으음, 뭔가 맨몸으로도 쓸 수 있는 스킬이 있었던가? 아, 【천왕의 옥좌】!"

메이플이 그렇게 말하자 뒤에 하얀 옥좌가 나타난다.

메이플은 이것도 언제 사라지지 않을까 싶어 흠칫흠칫하며 옥좌에 앉았지만, 잠시 기다려도 소녀들의 목소리는 들려오지 않았다.

"과연…… 이건 '위험하지 않은' 거구나. 음, 강한 공격을 할 수 있는 스킬은 안 되려나."

그렇다면 【백귀야행】도 안 될 것 같아서 메이플은 온존해 두기로 결정했다.

현재 대부분의 공격 수단을 잃은 메이플에게 그 스킬은 유일하게 의지할 수 있는 한편인 것이다.

어쩌면 보스전에서는 쓸 수 있을지도 모른다는 희미한 희망을 품고, 이 자리에서는 손으로 검을 쳐서 떨어뜨리면서 나아가기로 했다.

"우우…… 문이 너무 많아. 갑옷도 엄청나게 부딪치고……."

메이플은 열 개 이상의 갑주에 둘러싸여 검에 베이면서도, 멀쩡하게 방 벽에 나타난 문 중 하나에 도착했다.

"에잇! 얍!"

메이플은 문을 벌컥 열고 안으로 뛰어들어 곧바로 닫고 양손으로 문을 누른다.

그러나 걱정했던 갑주의 추격은 없어서, 메이플은 일단 진정하고 그 자리에 주저앉았다.

"다행이다……. 어떡하지. 장비는 하나 더 있지만…… 또 빼앗기면 싫은데."

메이플은 장비로 방어력이나 HP를 올리지 않아도 내구력에 관해서는 이미 필요 이상의 능력을 지니고 있다.

네 자릿수나 되는 메이플의 방어력을 관통하는 공격이라면 모든 플레이어를 일격에 없애버릴 수준이라는 뜻이고, 그런 것은 근처에 우글거려도 될 존재가 아니다.

그래서 메이플은 그냥 공격만 당하는 것은 문제가 없었다.

"좋아, 힘내서 장비를 되찾자!"

메이플은 단단히 벼르며 복도를 걸어간다.

찾는 물건이 어디 있는지 모르기 때문에 이번에는 방을 지나갈 수가 없다.

메이플은 발견한 문을 전부 열어야만 했다.

그곳에 십중팔구 함정이 있다는 걸 알아도 그렇다.

"후우…… 안녕하세요!"

메이플은 심호흡을 하고 방에 들어가 몸을 움츠리며 주위를 확인했다.

방 안에는 식탁보가 깔린 5미터쯤 되는 긴 테이블과 깔끔하게 정렬된 의자가 있고, 긴 테이블 위에는 촛대가 하나 있다.

일그러진 벽에는 풍경화가 걸려 있다.

"으음…… 응. 벽은 울퉁불퉁하지만 별로 대단한 건 없을 것 같아."

메이플은 주의 깊게 책상 아래나 그림을 조사해 봤지만 무언가를 발견하지는 못했다.

"좋아. 괜찮을 것 같…… 앗."

메이플이 맨 안쪽 그림의 조사를 마치고 돌아보자, 어느새 의자와 촛대와 그림이 푸른빛을 띠고 있었다.

"잠깐!? 기다……!"

메이플의 제지에 따라줄 리도 없어서, 의자가 메이플을 향해 날아와 몸에 부딪친다.

"검도 괜찮……앗, 지만! 좀, 많잖아!"

메이플은 쾅쾅 소리를 내며 부딪친 다음 그대로 쌓여 가는 의자와 그림을 어떻게든 넘어가려고 했다.

하지만 그러기도 전에 의자와 그림의 산에 촛대가 두둥실 불을 날라 왔다.

"엑!?"

도망치기도 전에 주위에 쌓인 가재도구가 무시무시한 기세로 불타오르고, 메이플도 거기에 휘말렸다.

열 개가 넘는 의자와 그림이 일으킨 불꽃은 메이플의 키보다 훨씬 높은 불기둥을 만들었다.

그리고 모든 것이 불타 재가 된 후에 메이플은 평소처럼 그 자리에 서 있었다.

"후우…… 아무것도 장비 안 해서 기본 옷은 안 탔고. 다행이다……. 으으, 심장에 안 좋아."

메이플은 옷을 손으로 탁 털어 그을음을 없애고 방 밖으로 나가려고 걸어간다.

그러던 도중에 테이블 위로 돌아간 촛대를 빤히 노려봤다.

"……너희야말로 나쁜 아이잖아?"

메이플은 울컥한 표정으로 말하고는 인벤토리에서 접착제를 꺼내 촛대 밑에 바르고 원래 위치로 돌려놓았다.

몬스터가 드롭한 강력접착제가 테이블과 촛대를 찰싹 붙여 줄 거라고 메이플은 생각하고 있었다.

"진짜, 나야말로 벌을 줄 거야!"

메이플은 들어왔을 때보다 더 세게 문을 열고 밖으로 나갔다.

메이플이 첫 번째 방에서 불타고 난 뒤 대략 두 시간이 경과
했다.

메이플은 아직도 거친 숨을 내쉬며 복도를 걷고 있었다.

몸 여기저기에 먼지와 검댕이 묻어 눈에 띄게 더러워졌다.

"우우……. 구덩이는 이제 싫어……."

털뭉치로 날아다닐 수 없게 된 메이플이 두 시간 동안 탐색
하면서 함정에 걸린 수는 헤아릴 수 없을 정도였다. 불에 타기
를 몇 번, 구덩이에 떨어지기를 몇 번, 나타난 갑주에게 베이
기도 하고, 창과 기요틴은 이미 익숙해졌다.

그중에서 메이플이 가장 싫어하는 함정이 구덩이였다.

떨어진 곳에는 가시가 있는데, 그것 자체는 메이플에게 문
제가 안 되고 오히려 쳐서 부러뜨릴 수 있지만, 구덩이는 그렇
지가 않다.

부러뜨린 가시를 탈출용으로 약한 벽에 박을 수 있어서, 메
이플은 몇 번인가 떨어지면서도 그것을 발판 삼아 위로 돌아
올 수 있었지만 피로가 엄청났다.

너무 힘들어서 두 번째로 떨어졌을 때는 메이플의 눈에서 빛
이 슥 사라졌었다.

"사리라면 함정이 어딘지 알까……. 나는 모르겠어……."

쭈뼛쭈뼛 한 걸음 내디딘 메이플의 발밑에서 덜컹 소리가 나
고 바닥이 가라앉는다.

"히익!"

곧장 그 자리를 벗어나려 했지만 그러기도 전에 메이플을 향해 무언가가 날아왔다.

"……응, 다, 다행이다. 그냥 독화살이었어……."

메이플은 보라색 액체가 묻은 화살을 주워들고 중얼거린다.

독화살이 날아와서 안심하는 것도 이상한 일이기는 하지만, 지금의 메이플에게 가장 위험한 것은 구덩이이기 때문에 어쩔 수 없다.

"으음……. 꽤 안쪽까지 온 것 같은데…… 온 거 맞겠지?"

벽과 복도가 비딱한 데다 천장에도 문이 있기 때문에 메이플은 공략이 잘 진행되고 있는지 불안해졌다.

"그럼, 여기!"

메이플은 평소대로 직감에 따라 문을 열고 걸어간다.

장비를 잃고서도 함정을 튕겨내는 몸 덕택에 메이플은 백 개가 넘는 함정 속을 마음대로 나아갈 수 있었던 것이다.

비록 걷는 속도는 느리지만, 일반 플레이어가 제대로 탐색하는 것보다는 훨씬 빠른 페이스로 이 미궁을 탐색하고 있었다.

그리고 이동하길 수십 분.

"앗! 저 문은……!"

메이플이 눈을 가늘게 뜨고 바라본 복도 끝에 지금까지와는 다른 문이 있었다.

게임 중에 몇 번이나 봤던 보스방을 나타내는 문이다.

"좋아! 장비를 되찾자—!"

메이플은 그렇게 말하고 복도를 타다닥 달려 빠져나갔다.

당연히 함정이 발동했지만, 갑자기 날아오는 창이나 화살에 익숙해진 메이플에게는 놀랍지도 않았다.

"무시해야지. 기다려라 쌍둥이! 후후…… 이제 용서하지 않겠어."

그리고 메이플이 단단히 벼르자마자 바닥이 쩍 갈라졌다.

"으아!? 으……윽!"

흥분하는 바람에 구덩이가 있을 가능성을 깜빡한 메이플은 아슬아슬하게 문 쪽의 바닥 끄트머리에 두 손을 걸치고 매달렸지만, 이미 두 손은 후들후들 떨리고 있다.

아무리 애써도 몸을 끌어올릴 수가 없었다.

"우우우…… 떨어진다……앗."

메이플이 흘끗 아래를 보자 그곳에는 녹색으로 빛나는 액체가 고여 있었다.

메이플은 그것을 보고 얼굴이 파랗게 질렸다.

액체가 무서워서가 아니다. 아래에 가시가 없으면 올라올 수 없기 때문이다.

"누가 조옴! 도와…… 아아아악!!"

밑져야 본전으로 도움을 청하기도 전에 팔에 한계가 찾아오고, 메이플은 그대로 구덩이 바닥으로 떨어졌다.

풍덩 소리를 내며 등에서부터 녹색 액체에 떨어진 메이플은 우울한 표정으로 멀어진 천장을 올려다본다.

"하아······. 어떡하지 이거······. 일단 이 독 같은 건 괜찮지만. 으엥······ 끈적끈적해."

고여 있는 녹색 액체는 시원할 뿐 다른 영향은 없었다.

그보다 지금은 어떻게 위로 돌아갈지 문제를 해결해야 한다.

"장비를 못 찾고 로그아웃하는 건 싫은데. 잘 생각해 보자."

메이플은 눈을 감고 뭔가 해결책이 없을지 생각해 봤다.

그리고 한동안 생각하다가 뭔가 떠올랐는지 눈을 확 떴다.

"으음······ 맞다!【전 무장 전개】!"

메이플의 몸에서 병기가 생겼다가 사라진다.

그러나 메이플은 유감스러워하기보다 오히려 그 광경에 기뻐하고 있었다.

"좋았어! 자아, 벌을 줘! 어서!"

메이플은 그렇게 말하고 위를 봤지만 아무리 기다려도 검이나 창이 날아올 낌새는 없었다.

"왜, 왜지? 괜찮거든? 벌을 주지 않으면 곤란하다고!"

메이플은 날아온 검과 창을 벽에 꽂아서 위로 돌아가려고 생각했지만 그 계획은 깨끗이 실패했다.

보스방 앞에서 플레이어에게 요구되는 행동은 함정을 피해 방에 들어가는 것뿐이었다.

생각 없이 직진하면 당연히 이렇게 된다.

"어쩌지…… 【천왕의 옥좌】는 많이 못 꺼낼까……."

그리고 완전히 기력을 잃은 메이플 주위에 변화가 찾아왔다.

끈적끈적한 녹색 액체라고 생각했던 것이 서서히 움직이기 시작하더니 메이플의 몸을 덮어가는 것이다.

"앗, 혹시 이건 슬라임? 시원해서 기분 좋다……. 좀 진정이 되는 것 같아."

슬라임은 메이플의 몸을 뒤덮어 녹이려고 꿈틀거린다.

"……맞다! 슬라임 씨, 고마워!"

침착을 되찾은 메이플은 무언가를 생각해낸 듯, 한 번 심호흡을 하고는 어떤 스킬을 썼다.

메이플이 함정에 떨어지고 나서 조금 뒤, 보스방 문이 활짝 열렸다.

"아~ 왔다, 왔어. 들켜 버렸어."

"응. 와 버렸네, 들켜 버렸네."

안쪽에 있던 쌍둥이는 각각 공간을 일그러뜨려 물체를 띄우면서 키득키득 웃는다.

"후……. 내 장비, 돌려내."

그렇게 말하는 메이플은 둥실둥실 떠 있는 녹색 구체에 잠겨 있었다.

"물건을 띄우는 정도는 나도 할 수 있거든!"

몬스터라면 【사이코키네시스】를 써서 띄울 수도 있다. 시럽과 공중 산책을 할 때만 쓰는 스킬이 아닌 것이다. 메이플은 슬라임의 형태를 물컹물컹 자유자재로 조작해 커다란 방패와 검을 만들어서 쌍둥이에게 도전하러 나선 것이다.

""후후후, 얍.""

메이플이 전투 태세를 갖추었을 때 쌍둥이 뒤에서 검과 창이 날아왔다.

메이플은 두둥실 날아서 피하려고 했지만 너무나도 속도가 느려서 미처 피할 수가 없었다.

슬라임에게 잇달아 검과 창이 꽂혔지만 그것은 슬라임의 HP를 깎지 못하고 흐물흐물 녹았다.

"오오! 슬라임 씨, 굉장해! 그렇다면…….."

메이플은 슬라임을 【사이코키네시스】로 물컹물컹 변형시켜서, 공중에 뜨는 것을 포기하는 대신 자신의 몸을 덮는 갑옷으로 삼기 위해 슬라임으로 커다란 양팔을 만들어냈다. 시럽과 계속 날았던 것, 【구원의 손】을 연습한 것도 있어서 원격조종도 능숙해져 있었다.

"응, 조종하기 쉬워서 좋은 느낌이야! 그럼…….."

메이플은 슬라임으로 된 손을 펼쳐 떠 있는 쌍둥이 중 녹색 드레스 쪽을 붙잡으려 했다.

"아, 빠져나가네…… 슬라임 씨는 될 줄 알았는데…….."

슬라임의 몸으로 가하는 공격은 확실하게 물리 공격으로 인식되는지 공격이 통하지 않는다.

그리고 반격이라도 하듯이 빨간 드레스 소녀가 만들어낸 불꽃이 슬라임에게 직격한다.

"앗! 불은 안 되는 거야!?"

슬라임의 HP가 줄어드는 것을 보고 메이플은 당황해서 슬라임으로 된 팔을 움츠렸다.

그리고 다시 몸 주위에 슬라임을 두르고, 무언가 사용할 수 있는 게 없는지 냉정하게 방을 둘러본다.

그러자 이 방이 어린이방 같다는 것을 깨달았다.

방 자체는 상당히 크지만 책상이나 옷장 등 기본적인 가구나 여기저기 굴러다니는 인형과 장난감은 보스방보다 어린이방 같은 느낌을 준다.

"선물이 많이 있는데……. 도움될 게 있으면 좋겠는걸."

메이플은 지금도 날아오고 있는 검과 창을 계속 녹여 주는 슬라임을 바라보면서 중얼거렸다.

"앗, 화염 공격은 나한테 맡겨!"

불꽃이 날아오는 것을 보고 메이플은 슬라임에게서 튀어나와 불꽃을 쳐내듯이 팔로 뿌리쳤다.

튕겨나간 불꽃은 가까이 있던 선물 상자를 불태웠다.

"와왓! 안 돼, 안 돼!"

불에 약한 슬라임을 두른 메이플은 필드가 불꽃으로 가득 차는 사태는 피하고 싶었다. 메이플은 맨손으로 불꽃을 두드려 진화하고 나서 휴 하고 한숨 돌렸다.

　그때 선물 상자 속에 있었던 불타지 않은 무언가가 메이플의 손에 닿았다.

　"앗, 내 단도!"

　메이플의 손에 닿은 것은 빼앗겨 버린 장비였다.

　그리고 메이플이 단도를 발견한 것을 인식한 쌍둥이가 말하기 시작했다.

　"아, 어떡하지?"

　"저건 필요 없는걸. 괜찮잖아."

　쌍둥이는 메이플의 단도를 필요 없다고 말하며 돌려주었다.

　"그럼…… 【히드라】!"

　메이플이 돌려받은 거라면 좋다며 곧바로 장착하고 【히드라】를 쏘았다.

　스킬이 정상적으로 발동해, 머리 셋 달린 히드라가 쌍둥이를 향해 간다.

　그러나 쌍둥이는 슥 사라지더니 다른 장소로 전이해 독 덩어리를 깨끗이 피했다.

　""아하하, 약해.""

　"윽……. 그럼【전 무장 전개】!"

　보스방에서 공격 스킬을 쓸 수 있다는 것을 확인한 메이플은 그렇다면 될까 싶어 총탄을 쏘았다.

그러나 충격은 쌍둥이가 날리는 물건과 상쇄되어 돌파하지는 못했다.

 "그건 벌써 봤거든."

 "봤거든."

 그렇게 말한 쌍둥이는 얼굴을 마주 보고 키득키득 웃는다.

 메이플은 조금 울컥하면서도, 할 일을 바꾸었다.

 "그런데 나머지 장비도 어딘가 선물 상자 속에 있는 것 같네. 그걸 찾고 나서 생각하자. 우선 슬라임 씨는 끄트머리에 숨어 있어."

 메이플은 슬라임을 방구석으로 이동시키고, 등으로 검과 창을 받으면서 선물 상자를 하나하나 열었다. 슬라임이 녹여 주지 않아도 이런 공격은 메이플에게 대미지를 주지 못하는 것이다.

 땅에는 메이플에게 튕겨나간 검이 굴러다니고 벽에는 도끼나 창이 꽂힌 방 안에서, 메이플은 마침내 모든 장비를 찾아낼 수 있었다.

 "휴우…… 힘들어. 하지만 이걸로 겨우 싸우기 쉬워졌네."

 장비의 행방만 알면, 이제는 장난이 지나친 이 쌍둥이에게 호되게 벌을 줄 뿐이다.

 메이플은 장비를 찾는 동안 작전을 하나 생각해냈다.

 "도망치는 게 능숙한 사람을 상대할 때는…… 도망칠 곳을 없애면 되는 거지!"

메이플은 그렇게 말하고는 나름대로 사악한 미소를 짓고, 방 가운데로 걸어갔다.

"【헌신의 자애】,【베놈 캡슐】!"

방 중심에 나타난 천사가 곧바로 빛나는 날개를 독 덩어리 속에 가라앉힌다.

방 중앙에는 보라색 구체가 불길하게 버티고 앉은 상황이다.

"【포식자】."

그리고 독 캡슐 안에서 메이플이 득의양양하게 말하자 두 마리의 괴물이 나타난다.

"슬라임 씨도 이리 와."

메이플을 따를 수밖에 없는 슬라임도 두둥실 다가와, 이 세 마리가 날아오는 물건을 떨어뜨린다.

메이플은 【베놈 캡슐】이 아직 작을 동안에는 이렇게 해서 캡슐이 파괴되지 않도록 지키게 할 작정이었다.

"가짜 사리도 도망치지 못했으니까, 도망칠 수 있다고 생각하지 마!"

메이플의 목적은 이 방을 완전히 독으로 채우는 것.

아무리 자유롭게 전이할 수 있어도 방 안이 전부 사지(死地)라면 의미가 없다.

"천천히 하자? 에헤헤. 끈덕지게 이기는 건 내 특기거든!"

메이플은 슬라임을 이리저리 조종하면서 중얼거렸다.

메이플이 방 전체를 독 바다로 만들고자 행동을 개시한 뒤 몇 시간이 경과했다.

【포식자】와 슬라임이 지켜주는 【베놈 캡슐】은 쑥쑥 성장해 일찍이 없었을 정도로 커졌다. 역할을 다한 【포식자】도 돌려보냈고, 지금까지는 메이플이 생각한 대로 진행되고 있다고 할 수 있으리라.

끈덕지게 이기는 게 특기라고 말한 대로, 방은 거의 독으로 가득 찼지만── 기대한 결과는 얻을 수 없었다.

"설마 독도 안 통하는 건가……?"

쌍둥이는 온몸이 독에 덮였는데도 변함없이 검과 창, 불꽃을 계속 쏘고 있었다.

메이플은 쌍둥이를 빤히 쳐다봤지만 특별히 움직임이 둔해지지도 않았다.

그러나 시간이 경과하는 가운데 쌍둥이의 공격 목표는 메이플에게서 슬라임으로 옮겨가 있었다.

다행인지 불행인지 슬라임은 독에 내성이 있었기 때문에 살아남아서 지금도 메이플이 조종하고 있는 상태였다.

슬라임이 쌍둥이가 쏘는 무기를 너무나도 많이 파괴했기 때문에 공격 목표가 되어버린 것이다.

쌍둥이의 공격은 방을 꽉 메운 【베놈 캡슐】에 빨려 들어가 슬라임에게는 닿지 않는다.

또한 한계까지 증가한 【베놈 캡슐】의 내구치를 깎아내기에는 쌍둥이의 공격이 너무 미력했다.

　메이플은 언젠가처럼 쓰러지지 않지만 쓰러뜨릴 수도 없는 상황에 또 직면하게 된 것이다.

　"끙. 어쩌지……. 공격은 피해 버리고 말이야……. 엄청 가까이에서 공격하면 맞으려나?"

　메이플은 일단 시험해 보자고 생각해 독을 헤치고 비스듬히 위로 나아간다.

　방 전체가 독에 잠겨서 메이플은 공중을 헤엄치는 듯한 상태였다.

　"우선은…… 도망치지 못하게 이것저것 해 보자!"

　메이플은 인벤토리에서 부적을 몇 장 꺼내더니 그것을 독 바다에 대충 뿌렸다.

　"제령 부적이라면 전이하는 걸 방해해 주지 않을까……. 안 되나."

　메이플은 그 후로도 필요 없는 아이템을 장애물로 삼을 작정으로 대량으로 마구 설치하고, 마지막으로 슬라임을 한계까지 늘려 쌍둥이 주위의 공간을 몇 겹으로 감쌌다.

　"좋아! 그럼, 실례합니다—!"

　메이플은 슬라임을 조종해 구멍을 뚫고 안으로 슥 들어갔다.

　그리고 메이플은 그대로 쌍둥이 중 한쪽의 복부에 단도를 가져다 대고 정지했다.

"제발 맞아줘! 【히드라】!"

메이플이 기도하면서 쏜 독 덩어리가 이미 거의 한계까지 독이 들어차 있던 방 안을 날뛰며 돌아다닌다.

당연히 메이플 주위에도 빙글빙글 뒤섞였다.

메이플은 조금 눈을 굴리면서 공격의 결과를 확인한다.

"피한 것 같나? 어디…… 아! 있, 다?"

메이플이 쳐다본 곳에는 간신히 살아남아 있던 슬라임에게 찔리고, 메이플이 뿌려놓은 아이템에 온몸이 파묻혀 완전히 정지한 쌍둥이의 모습이 있었다.

"으, 응……?"

아무리 메이플이라도 왠지 모르게 무언가 이상사태가 일어났다는 것은 느낄 수 있었다. 일반적인 방법으로 잡은 게 아니라는 건 직감으로 알았다.

"괘, 괜찮아?"

메이플이 불안해져서 손을 뻗어 쌍둥이의 발을 쿡쿡 찌르자 쌍둥이가 갑자기 말하기 시작했다.

"아아, 잡혀 버렸어."

"잡혀 버렸네."

""그럼 놀이는 끝이야.""

그렇게 말하자 쌍둥이 주위에 빛이 모여서 더욱 밝아진다.

""다음에 또 놀자.""

그 말을 남기고 쌍둥이는 스윽 사라졌다.

메이플은 뭐라 할 수 없는 표정으로 그것을 지켜볼 수밖에 없었다.

"아! 그렇구나, 그러고 보니 HP 게이지가 없었어……. 해치우는 게 아니었구나."

요컨대 이전 이벤트에서 달팽이를 만났을 때처럼, 그 쌍둥이는 공격 말고 다른 수단으로 공략해야 하는 상대였다는 뜻이다.

함정에 계속 당해서 화가 난 메이플이 앙갚음을 해주려는 생각에 놓쳐 버린 것이었다.

"근데……."

두 사람이 사라진 위치에 드롭된 보물 상자에게 다가가기 전에 먼저 땅에 내린다.

그리고 메이플이 【베놈 캡슐】을 해제하자 대량의 아이템과 랭크가 낮은 소재가 여기저기 떨어졌다.

"이렇게 잡으면…… 안 되는 걸까? ……어, 얼른 돌아가자!"

메이플은 소재와 아이템을 방치하고, 보물 상자의 내용물도 확인하지 않은 채 인벤토리에 던져 넣고 도망치듯이 귀환했다.

그리고 그 뒤에서.

며칠이 지난 후 운영진은 수정 작업을 하고 있었다.

"메이플이냐! 버그 같은 존재인 건 괜찮지만 버그는 안 돼!"

"슬라임 안에 있어……?"

"애초에 슬라임 때문이에요!! 왜 그런 걸 랜덤 트랩에 넣은 겁니까!"

"공격 판정이 안 떠도, 빠져나갈 수 없으면 쌍둥이가 묻혀 버린다고요."

"그것만 없었으면 캡슐도 부술 수 있었는데……."

"진정해. 우선은 유령 쌍둥이의 워프를 조정해라……. 슬라임은 그대로 둬도 좋아. '함정으로서는' 문제가 없고, 메이플 말고는 재현할 수 없어."

"심지어 또 좋은 걸 가지고 갔네요."

좋은 것이란 메이플이 획득한 장비 이야기다. 운영진은 무엇이 메이플의 손에 넘어갔는지 파악하고 있었다.

"뭐, 이제 와서 그게 넘어가 봤자."

"……아니, 곤란한데요."

그 말에 문득 냉정하게 현재 상황을 확인한다.

"……그렇군."

다시 냉정해져서 보니, 원래부터 위험한 것에 더 나빠질 듯한 추가 요소가 들어가면 어떻게 될지는 불 보듯 뻔하다. 추가되는 거니까 약해질 리도 없다.

"속 쓰려 죽겠다."

"하지만 뭐! 화력은 올라가지 않았으니까요…… 직접적으로는…….”

“간접적으로는……?”

“올라갑니다.”

“너 말이야. 알면서 말했지? 뭐, 다른 플레이어의 전력도 올랐어. 버그만 고치면 그럭저럭 괜찮아. 그다음은 이상한 시너지가 생기지 않는지 체크하고…… 기도하자.”

“알겠습니다. 메이플은 일단 방치하죠. 그리고 슬라임 운용은 신중하게 갑시다.”

“그러자고.”

이런 목소리가 오간다.

그 결과 단시간 점검이 시작되어, 던전에 출현하는 슬라임 주위의 사양과 일부 보스가 몬스터 등에 묻혀 행동불능이 되는 에러가 수정되었다고 전해졌다. 하지만 수많은 플레이어는 다른 몬스터가 출현하지 않는 보스방에서 무슨 짓을 하면 그런 사태가 발생하는지 짐작할 수 없었다.

시간은 조금 거슬러 올라가, 저택에서 도망치듯이 뛰쳐나온 메이플은 가끔 뒤돌아보면서 걸어가 저택에서 멀어진다.

“결국 갖고 싶었던 스킬은 없었네…….”

메이플은 미이에게 들었던 【아이언 보디】와 【헤비 보디】를 찾고 있었지만 아까 그 저택에서는 발견하지 못했다.

"하지만 뭔가 가지고 온 것 같은데……. 으음, 뭐더라…….
아, 이거다!"

메이플은 인벤토리의 내용물을 확인하고 저택 안에서 입수
한 것을 꺼냈다.

닫혀 있는 보물 상자에서 나온 것은 그 저택에서 쌍둥이 중
한 쪽이 입고 있었던 녹색 드레스였다.

"【유령소녀의 드레스】? 으으, 장비인가. 아, 하지만 스킬이
붙어 있네."

메이플은 부여된 스킬이 있는 것을 알아차리고 확인한다.

「유령소녀의 드레스」

【MP+30】

【폴터가이스트】

MP를 10 소비해서 마법과 일부 물체를 움직일 수 있다.

최대 10개의 물체를 동시에 컨트롤 가능.

효과는 5분간 지속된다.

단, 조종할 수 있는 것은 자신의 물건으로 제한된다.

"나는 MP가 별로 없으니까 스킬은 많이 쓸 수 없으려나. 하지만 이 옷은 좋은데!"

메이플은 장비를 변경해 【유령소녀의 드레스】를 장착했다.

프릴과 리본이 팔락 흔들리고 메이플의 장비가 녹색 드레스로 완전히 바뀐다.

메이플은 그것을 확인하고 시럽을 불러내 얼굴 가까이까지 들어 올렸다.

"에헤헤, 시럽이랑 맞춤 색깔이야."

메이플은 시럽을 보고 생긋 웃었다.

성능 면에서는 메이플에게 별로 안 맞지만, 메이플은 이 장비를 기쁘게 입었다.

"하나쯤은 괜찮겠지!"

메이플은 이 장비는 사리에게 주지 않고 자신이 쓰기로 결정했다.

"음…… 방패는 빼고, 그리고…… 있다!"

메이플은 【구원의 손】을 벗고 대신 작은 은색 왕관을 머리에 장착했다.

지난번 이벤트 필드인 정글에서 페인과 함께 싸웠을 때 입수한 왕관은 MP 회복 속도를 10% 상승시킬 수 있는 물건이었다.

"이걸로 느낌이 괜찮아졌을까? 이제 싸우는 방법을 생각해 보면 시럽이랑 같은 색깔 장비로 싸울 수 있겠네!"

메이플은 이 장비로 어떻게 싸울 수 있을지 그 자리에서 생각하기 시작했다.

메이플은 장비를 거의 빼고 보통 여자아이가 되었지만 그래도 방어력은 여전히 모든 플레이어 중 최고다. 공격 방법이야 달라지겠지만 그 외에는 평소의 메이플과 아무런 차이가 없다.

"웅……. 시럽이랑 같이 싸운다 치고……. 음…… 음."

메이플은 어떻게 싸울지 고민하다가 이번에 입수한 장비에 【폴터가이스트】 스킬이 붙어 있다는 것을 생각해냈다.

"아, 【히드라】 같은 것도 조종할 수 있을까?"

메이플이 시험 삼아 【히드라】를 꺼내고 【폴터가이스트】를 발동하자, 독 덩어리가 푸른빛에 감싸여 공중에서 딱 멈춘다.

"오! 으음, 그럼 움직이는 건, 이렇게?"

메이플이 손을 아래로 내리자 쭉 가속한 히드라가 지면에 부딪쳐 터진다.

"왓!?"

메이플은 놀라서 곧바로 조금 뒤쪽으로 뛰어 물러났다.

"이것도 잘 쓰기는 어려울 것 같아……."

조금 생각하고 나서, 여러 번 사용할 수 없는 【히드라】 대신 병기를 전개해 본다.

"이걸로 연습해 보자."

메이플은 조종 연습을 했지만 동시에 움직일 수 있는 것은 지금으로서는 두 개가 한계였다. 스킬 성능으로는 열 개의 물건을 동시에 움직일 수 있지만, 메이플이 완벽하게 구사하는 날은 멀어 보였다.

"손 움직임에 맞춰서 움직이는 건 간단하지만……. 우웅, 시간이 있을 때 연습해야 할 것 같아."

메이플은 거대화 시럽 위에 앉아 연습을 재개했다. 원격조종 스킬이 늘어나서 메이플이 의식해야 하는 곳이 많아졌다. 익숙해지는 것이 급선무였다.

총탄을 하나 조종해서 멀리 보이는 몬스터에게 맞혀 봤지만 비용과 수고에 비해 들어가는 대미지가 너무 적었다.

메이플은 MP 포션을 마시면서, 이것도 아니고 저것도 아니라며 개선책을 짜내면서 스킬 연습을 계속했다.

메이플은 필드 끄트머리에서 연습했지만 그렇다고 플레이어가 전혀 오지 않는 것은 아니다.

그렇다. 때마침 이 구역에 크롬과 카스미가 와 있었다.

현재 사리와 마이와 유이가 6층에 없기 때문에 행동하는 멤버가 편중되어 있었다.

"응? 저건 메이플인가."

카스미가 눈을 조금 가늘게 뜨고 확인하면서 말한다.

"아, 그렇군. 시럽이 있고 등에서 병기가 나와 있으니 틀림 없어."

그런 특징적인 플레이어는 NWO에 둘도 없다.

크롬과 카스미가 메이플에게 말을 걸려고 다가가려 했을 때, 멀리 보이는 메이플의 등에 있는 병기에서 하늘을 향해 파르스름한 레이저가 두 줄기 발사되었다.

그것만이라면 지금까지 봐 왔던 광경이었지만, 레이저는 사라지지 않고 그 자리에 머물러 있었다.

그리고 조금 뒤에 마치 검을 휘두르듯이 레이저가 돌아갔다.

""………….""

두 사람은 걸음을 멈추고 서로를 본다.

"물어보러 갈까. 카스미도 올 거야?"

"뭐, 가지. 자, 뭐가 나올까."

두 사람은 포기한 듯한 표정으로 뭐가 나올지 정신을 바짝 차리고 메이플 쪽으로 걸어갔다.

크롬과 카스미가 메이플에게 다가가자, 메이플도 두 사람을 봤는지 레이저 조작을 그만두고 손을 흔들기 시작했다.

"메이플, 또 처음 보는 장비가 생겼네."

근처까지 다가왔을 때 크롬이 메이플에게 말했다.

"맞아요! 어때요, 이거!"

메이플은 시럽 위에 서더니 그 자리에서 빙 돌았다.

기쁜 듯이 시럽과 같은 색이라느니, 스킬도 사용하는 법을 발견했다느니 하는 이야기를 묻기도 전에 하기 시작했다.

"그 스킬이라는 게 저…… 그건가?"

카스미가 가리킨 곳에는 하늘로 뻗은 두 줄기 레이저가 있었다.

"맞아! 좀 어렵지만, 이거라면…… 왓!?"

메이플이 조금 의기양양하게 설명하려고 했을 때, 레이저는 전부 소리를 내며 하늘로 날아갔다. 스킬 발동 후 딱 5분이 경과했기 때문에 제어를 잃어버린 것이다.

"아…… 제대로 시간을 기억해 놔야지."

"뭐, 뭐어, 믿음직해진 것 같아서 좋군."

"그런데 장비 변경은 어떻게 할 거지? 자주 쓰는 장비 세트가 이미 두 개 있지 않나?"

카스미가 메이플에게 묻자, 메이플은 해결 방법은 이미 발견했다는 듯이 생긋 웃었다.

"시럽, 잠깐 기다리고 있어."

메이플은 시럽에게서 탁 뛰어내리더니 총총 걸어간다.

카스미가 메이플에게 말을 걸려고 했을 때, 메이플의 등에서 뻗어 나온 병기가 두 배 가까이 훅 늘어났다.

그것은 지금까지 몇 번이나 봐 왔던, 메이플이 억지로 하늘로 날아오르기 직전의 동작이었다.

그 직후 메이플은 폭염을 남기고 하늘로 사라졌다. 아득히 높이 날아간 메이플이 무엇을 하고 있는지, 폭염과 연기에 가려 두 사람의 눈에는 전혀 보이지 않는다.

"이봐, 어떡할래?"

"아니, 어떡할 거냐고 해도 말이지……."

크롬과 카스미가 다시 얼굴을 마주 보자 폭음과 함께 먼지가 피어올랐다.

"아니……!?"

"오옷……?"

그리고 흩날리는 먼지 속에서 천천히 일어선 것은 평소의 검은 장비로 몸을 감싼 메이플이었다.

메이플이 생각한 방법이란, 땅 위에서 장비를 바꿀 틈이 없다면 바꿀 수 있는 장소까지 일시적으로 대피하면 된다는 것이었다.

아득한 상공에 있는 메이플을 잡을 공격을 날릴 수 있는 자는 없다고 해도 좋다. 일시적으로 모든 장비를 해제한다 해도 공격이 맞지 않으면 문제없다.

메이플은 먼지를 털고 생각대로 됐다는 듯이 고개를 끄덕여 보였다.

"이거라면 전투에서도 쓸 수 있을 거야!"

"그렇군. 나도 그렇게 생각한다."

"나도야."

"다음에는…… 사리한테도 보여주러 가야지!"

향후의 작전의 일부로 삼는 것은 당연하고, 새로운 장비를 보여주러 간다는 의미이기도 하다.

메이플은 시럽을 반지로 되돌리고, 크롬과 카스미에게 작별을 고하고 5층으로 향했다.

멀어져 가는 메이플의 모습을 배웅하면서, 카스미는 불쑥 중얼거린다.

"뭐, 같은 편일 때는 믿음직스럽기 짝이 없다고 해야 할까."

"그렇지. 뭐, 레이저는 엄청나게 세지 않으니까 【히드라】보다는…… 아니, 5분 동안이라면 레이저가 더 센가."

두 사람은 메이플이 이야기한 스킬 정보를 토대로 이것저것 생각해 봤지만, 결국 메이플이 날리는 건 애초에 뭐든 위험하기 짝이 없기 때문에, 뭘 조종하든 공격당하는 쪽은 괴로울 거라는 결론에 도달했다.

메이플이 5층으로 와서 사리에게 메시지를 보내자 금방 답

장이 왔다.

"오, 길드 홈에 있구나! 오케이!"

메이플은 발걸음도 가볍게 길드 홈으로 향했다. 그리고 문을 열자 사리가 조금 놀란 듯한 얼굴로 맞이했다.

"메이플, 과연. 그걸 보여주고 싶었구나."

잠시 후 사리는 메이플이 갑자기 만나고 싶다고 말한 이유를 깨달았다.

"정답—! 어때, 어울려?"

"좋네. 메이플은 여기서는 갑옷만 입고 다녔으니까…… 신선한 느낌이네. 왕관도 장비했고, 어디 사는 공주님인가?"

"아하하, 나는 공주님처럼 못 해."

"음. 그러게. 대신들을 곤란하게 만들 것 같아."

"어? 그런가?"

그리고 그 후 한바탕 두서없는 이야기를 하다가, 메이플은 생각난 듯이 장비의 성능을 이야기하기 시작했다.

"아, 그치만 이 장비는 전투에도 제대로 쓸 수 있어."

메이플이 성능을 설명하자 사리는 "그렇구나." 하고 고개를 끄덕인다.

"좋은 장비네. 역시 나도 6층을 탐색하면 좋을지도……."

"어?"

메이플에게 얼마 전의 기억이 선명히 되살아난다.

그리고 사리를 촉촉한 눈으로 쳐다본다.

"아니, 뭐. 괜찮은 곳도 있을지도……. 아니, 응…….."

사리는 메이플에게서 눈길을 피하며 말을 짜냈지만, 자기가 말하고도 미래가 예상이 되었기 때문에 하지도 못할 일을 하는 건 그만뒀다.

"그냥, 7층에서 전력을 다할래."

"그러자. 사리랑 놀고 싶은걸! 나도 7층이 엄청 기다려져."

또 둘이서 탐색하려면 잠시 동안 기다릴 필요가 있다.

그 후 두 사람은 각자 5층과 6층에서 본 것을 이야기하며 시간을 보냈다.

9장 방어 특화와 제7회 이벤트.

메이플이 함정으로 가득한 저택을 탐색한 뒤 며칠이 지났지만, 아직 원래 노리고 있던 【아이언 보디】와 【헤비 보디】를 입수하지 못했다.

그래서 메이플은 길드 홈 의자에 앉아 다리를 흔들며 생각하고 있었다.

"으음…… 어딜까? 어딘가에 있을 텐데, 시간대 제한이 있는 걸까?"

메이플은 끙끙 소리를 내며 생각하고 있었지만, 그 생각은 메시지 알림음에 가로막혔다.

"응? 아, 다음 이벤트다. 으음…… 이번에는 던전 공략 타입이구나."

메이플은 정보를 읽어 나간다.

이벤트는 10층탑 공략으로, 선택한 난이도에 따라 받는 메달의 개수가 달라진다고 했다.

시간 가속은 없고, 진행한 층까지 전이할 수 있기 때문에 단숨에 공략하는 것이 아니라 긴 이벤트 개최기간 동안에 클리어하는 것이 목표이다.

"다들 제일 어려운 걸로 가려나? 어디, 혼자서 깨면 보상이 좋아지는구나."

최고 난이도라면 여러 명이 깼을 때 받을 수 있는 메달은 1인당 5개. 그리고 솔로로 깼을 경우는 10개나 입수할 수 있다고 했다.

"이번에는 다른 플레이어랑 싸우는 건 없구나……. 좋아, 잘됐어."

이거라면 편하게 즐길 수 있겠다고 메이플은 혼자서 고개를 끄덕인다.

이 이벤트는 4월 초에 개최된다고 했다.

메이플은 그 표시를 보고 문득 어떤 사실에 생각이 미쳤다.

"그렇구나……. 벌써 1년이나 됐네. 나답지 않게 오래 계속한 것 같은데?"

메이플이 지금 한 일들을 돌이켜 보면, 전부 즐거운 기억뿐이다. 떠올리기만 해도 웃음이 절로 나는 기억과 손에 꼽힐 정도밖에 없지만 그래서 더 선명한 고전의 기억.

그 기억들을 돌이켜 보던 메이플에게 점점 탐색을 나갈 기력이 돌아왔다.

"응, 좋아! 다음 이벤트 전에 스킬을 팍팍 모으자!"

메이플은 의자에서 벌떡 일어나 마음을 다시 굳게 먹고 6층 마을로 뛰어나갔다.

　메이플은 길드 홈을 나왔지만 상황은 딱히 달라지지 않았다.
　찾는 스킬이 어디 있는지는 여전히 모른다.
　"어떡할까……. 맞다! 오랜만에 게시판에서 정보라도 찾아보자!"
　메이플은 좋은 생각이 떠올랐다는 듯 말하고 마을 중심으로 걸어갔다.

　메이플이 인파를 빠져나가 게시판을 확인하자, 지금까지 고민했던 것이 황당할 만큼 쉽게 두 스킬의 정보를 찾을 수 있었다.
　"아하, 아하! 딱 최근에 자세한 정보가 밝혀졌구나! 그러니까……."
　메이플이 정보를 눈으로 훑는다.
　그리고 정보 확인을 마침과 동시에 표정이 흐려졌다.
　우선【아이언 보디】와【헤비 보디】는, 각각이【VIT】말고도 취득하거나 사용할 때【MP】및【STR】의 영향을 받는 스킬이었다.

【아이언 보디】

불. 전격 속성 피해가 2배. 마법 이외의 피해를 30% 경감.

소비 MP 50. 효과시간 2분.

5분 후 재사용 가능.

취득 시 요구 MP 스테이터스 50, VIT 스테이터스 80

【헤비 보디】

넉백을 받지 않는다.

【STR】이【VIT】이하인 경우 이동 불가.

소비 MP 10. 효과시간 1분.

3분 후 재사용 가능.

전자는 지금의 메이플이 취득할 수 없고, 애초에 효과가 적었다.

거의 받지도 않는 대미지를 경감하는 효과는 메이플이 MP와 맞바꾸어 입수할 정도는 아닌 것이다.

후자는 단순히 1분간 움직일 수 없어지는 것이 문제였다.

"입수할 수 있는 장소는…… 있다! 우선 메모해 두자. 음, 일단 스킬을 배울 수는 있는 것 같네? 하지만…….”

굳이 입수한다면【헤비 보디】겠지만, 그것도 메이플에게 필요해 보이지는 않았다.

메이플은 게시판 앞에서 떨어져 큰길을 걸으면서 스킬을 어떻게 할지 생각했다.

"있어서 곤란할 일은 없으니까……. 게다가 모처럼 조사했는걸!【헤비 보디】는 입수해 두자! 그다음은……."

메이플은【단풍나무】멤버들에게 메시지를 몇 개 보내고 나서【헤비 보디】를 입수하기 위해 필드로 나갔다.

확실하게 정보를 얻은 메이플이 그 근처에 있는 몬스터에게 쓰러질 리 만무하다.

잠시 후에 메이플은 무사히 스킬을 입수했다.

그리고 메이플이 아주 약간 레벨을 올리기도 하고 검은 장비를 부수기도 하면서 시간이 조금 흘렀다.

메이플은 오늘도 언제나처럼 로그인해 길드 홈 문을 열었다.

기운차게 연 것은 5층의 길드 홈 문.

그리고 그 안에는 사리가 있었다.

"아, 메이플. 오늘부터 이벤트네. 어떡할래, 솔로? 아니면 여덟 명이서 갈 거야?"

사리는 뒤에 아무도 없어서 솔로일 거라고 추측했다.

"솔로도, 여덟 명도 아니야!"

"……?"

"이번에는 사리랑 둘이서 갈 거야!"

메이플이 사전에 길드 멤버들에게 보낸 메시지.

그것은 이번에는 가능하면 사리와 둘이서 참가하고 싶다는 내용을 적은 것이었다.

그리고 사리와 둘이서 탐색하는 걸 말릴 사람은 【단풍나무】에 없었다.

"오랜만에 둘이서 놀래?"

메이플의 말에 사리는 조금 어안이 벙벙한 모습이었지만 금세 즐거운 듯이 웃음을 지었다.

"좋은데! 그럼, 목표는…….."

"물론 노 대미지!"

"5층에서도 회피 연습은 제대로 했으니까, 녹슬지 않았어."

"나도 사리를 지켜낼 준비는 완벽해!"

그렇다면 됐다고, 두 사람은 곧장 이벤트를 위해 설치된 탑으로 향했다.

그 발걸음은 평소보다 더 가벼웠다.

10장 방어 특화와 탑 1층.

메이플과 사리는 마을 광장에 설치된 마법진 앞까지 왔다.

이 마법진을 이용해서 이벤트용 탑으로 가는 것이다.

"제일 어려운 걸로 괜찮지?"

"물론! 의욕이 넘쳐!"

메이플이 기운차게 말하자 사리도 조금 설레는 듯이 걷기 시작했다.

"후훗, 그럼 이쪽! 얼른 1층을 깨고 올까?"

"응, 그러자!"

사리가 자신감 넘치는 표정으로 그렇게 말하자 메이플도 즐거운 듯이 대답한다.

이렇게 해서 두 사람은 최고 난이도의 탑으로 이어지는 마법진에 올라 흰빛과 함께 사라졌다.

빛이 사그라들고, 두 사람 앞에 새롭게 나타난 것은 하늘을 찌르는 높은 탑.

탑 상부는 구름에 가려져 보이지 않고, 또한 각 층의 넓이도 상당하다.

"이거, 시간이 걸릴 것 같네."

"그러게. 보이는 대로라면 통상 필드의 4분의 1이 될까 말까…… 하려나? 하지만 도중에 전이 같은 게 있을지도 모르겠어."

"오―! 깨는 보람이 있겠어!"

"응, 그러네. 클리어를 목표로 힘내자!"

두 사람은 똑바로 나아가 커다란 문을 열고 탑 안으로 들어갔다.

탑 내부에는 사람이 네 명 정도 나란히 늘어설 수 있는 통로가 있고, 보이는 범위 내에도 갈림길이 몇 개인가 있었다.

그리고 천장까지는 4미터쯤 된다.

"일단……."

"응, 미로 같네. 모퉁이에선 조심해야겠어."

"으음, 그럼【헌신의 자애】!"

메이플은 일단 써두겠다는 듯이【헌신의 자애】를 발동해 만일의 경우에 사리를 지킬 수 있도록 했다.

검은 장비를 입은 메이플의 등에서 하얀 날개가 뻗는다.

준비를 끝낸 두 사람은 던전 안을 걷기 시작했다.

"그러고 보니, 메이플. 방패를 두 개 늘리는 건 장비 안 해?"

"그건 아직 연습 중이야. 여러 가지를 동시에 할 수 있게 되려면 아직 조금 더 걸리려나. 그리고 사리가 싫어할 것 같아서?"

"으…… 뭐, 약간은. 약간이거든?"

사리의 사정을 무시하더라도, 【폴터가이스트】 등 조종에 연습이 필요한 스킬이 많아졌기 때문에 메이플은 그것들을 일단 방치하기로 했다.

필요한 때가 오면 그때마다 하나씩 장비를 바꿔서 쓰면 문제없다고 판단했다.

메이플이 그럴 시간을 벌지 못할 리가 없었다.

"나도 익숙해지려나……. 앗! 메이플, 거기!"

사리가 【구원의 손】 정도는 직시할 수 있게 되어야겠다고 생각했을 때, 불현듯 작은 차이를 깨달았다.

"어? 앗……."

대화에 정신이 팔려 있던 메이플이 색깔이 조금 다른 지면을 세게 밟고 말았다.

그러자 바닥이 쩍 벌어지고, 메이플은 그대로 추락한다.

사리는 순식간에 벽을 향해 실을 쏘아 그 자리에 딱 멈췄다.

"메이플! 괜찮아?"

"괜찮아! 그냥 독늪이었어!"

사리가 말을 걸자 어두운 구멍 밑바닥에서 메이플의 활기찬 목소리가 돌아온다.

그리고 잠시 후, 하얀 손에 붙들려 방패 두 개 사이에 낀 메이플이 둥둥 떠올랐다.

"흐흥. 장비만 있으면 구덩이 따윈 무섭지 않아."

"……무사하니 다행이야. 그, 그래도, 좀 조심해서 걷자."

사리는【구원의 손】을 보지 않도록 실눈을 뜨고 얼굴을 돌리며 메이플에게 주의를 주었다.

"……맞다!【발모】!"

메이플은 무슨 생각을 했는지 그 자리에서 털뭉치가 되었다. 흰 구체에서 얼굴과 천사의 날개가 쏙 튀어나온 상태다.

"메이플?"

"이렇게 하면 함정도 걱정 안 해도 되고, 사리도 무섭지 않으니까 일석이조야! 전에도 이렇게 해서 탐색했거든."

메이플이 그대로 사리에게 스윽 다가와, 사리는 털뭉치 속에 들어가게 되었다.

"출발!"

"오, 오─? ……던전 탐색이 이런 느낌이었던가……?"

당황하는 사리를 두고 메이플은 통로를 둥실둥실 날아간다.

"응? 메이플! 몬스터야."

모퉁이에서 살랑살랑 날아서 나타난 것은 붉은 날개를 가진 1미터 정도 크기의 새였다.

"후후후, 어디서든지 덤벼!【전 무장 전개】!【공격 개시】!"

털뭉치에서 검은 기둥이 나오고 총과 대포가 전개된다.

메이플이 득의양양하게 공격을 개시했지만 붉은 새에게 명중해야 할 공격은 그대로 새의 몸을 빠져나갔다. 그리고 새는 모습을 불꽃으로 바꾸어 거세게 몸통 박치기를 시도했다.

"메이플!"

"앗! 어, 그, 그건 안 돼앳!"

떠 있는 털뭉치에는 기동력이 없어서, 새가 스치면서 털을 전부 태운다.

【헌신의 자애】가 있어서 사리에게도 대미지는 없었지만 털뭉치로는 이제 돌아갈 수 없다.

"우……."

"싸우자! 지원 부탁해!"

"오케이! 그럼【도발】!"

메이플이 떠 있는 방패에서 내려 스킬을 사용해서 불새의 주의를 끈다.

그리고【악식】을 온존하기 위해 몸으로 몸통 박치기를 받아내자 사리가 옆에서 물 마법을 직격시킨다.

그 공격은 불새에게 확실하게 빨간 대미지 이펙트를 흩날리게 했고, 새가 두르고 있는 불꽃은 작아져서 그냥 붉은 새로 돌아갔다.

"역시 불에 물이 잘 통하는구나. 그럴 줄 알았어!"

사리가 여세를 몰아 양손의 대거로 베자 또다시 대미지가 들어간다.

"메이플!"

그것을 본 사리가 메이플에게 신호를 한다.

"반격의…… 【히드라】!"

보랏빛 격류가 붉은 새를 집어삼켜 날려 버린다.

【고독의 주법】에 의한 즉사 이펙트가 나오고 새는 흔적도 없이 사라졌다.

두 사람은 전투가 끝나고 한숨 돌렸다.

"【구원의 손】은 벗어 놓고, 어차…… 후우."

"음, 수고했어. 아직 좀 특수할 뿐이지 잔챙이겠지만, 무사히 끝나서 다행이야."

"하지만 이제 【발모】를 못하게 돼 버렸어……."

"지난번이랑 같은 수는 안 통한다는 거 아닐까? 조금은 트랩을 간파하는 연습을 해야지."

"우, 하지만 맞는 말이야. 해 볼까?"

그리하여 메이플이 함정을 몇 번이나 밟으면서도 두 사람은 순조롭게 안쪽으로 나아간다.

두 사람은 통로를 왼쪽 오른쪽으로 나아갔지만, 여러 차례의 전투로 최고 난이도 몬스터의 만만찮음을 느끼고 있었다.

"귀찮네."

"그러게. 전부 세……."

순수하게 강하기만 하다면 두 사람에게는 문제없지만, 조우

하는 몬스터는 물리 공격을 무효화하는 것, 마법을 무효화하는 것, 일정 조건을 만족해야만 해치울 수 있는 것 등, 보통내기가 아닌 것들이 죄다 모여 있었던 것이다.

사리의 【검무】의 효과도 벽을 재빠르게 돌아다니는 몬스터와 싸웠을 때 이미 한계치까지 올라갔을 정도다.

메이플 같은 최상급 플레이어들이 오니까 운영이 걸맞은 적을 내보내는 것도 당연한 일이었다.

그러던 두 사람 앞에 다시 새로운 몬스터가 나타났다. 사람 모양을 한 구름 몬스터였다.

"사리! 또 뭔가 왔어!"

"5층 몬스터와 비슷한 걸까. 조심해!"

메이플은 【헌신의 자애】를 사용하고 있는 상태에서 방패까지 들고 사리 앞으로 걸어갔다.

사리는 그 뒤에서 뛰어들 타이밍을 재고 있었다.

메이플과 사리를 인식했는지 구름 몬스터도 전투태세에 들어갔다.

한순간의 정적 뒤에 몬스터의 몸이 녹색으로 빛나고, 통로를 가득 메울 정도로 많은 바람 칼날이 날아온다.

"메이플!"

"응!"

메이플은 지금까지의 전투로 일곱 번 남은 【악식】을 온존하기 위해 방패를 내린다.

가장 빨리 도달한 바람의 칼날이 메이플의 몸에 맞는다.

대미지는 들어가지 않았지만 몸이 확 밀려나갔다.

"왓!?"

"【워터 월】!"

사리는 그것을 보고 순식간에 물의 벽을 펼쳐 시간을 벌고 넉백으로 날아간 메이플 쪽으로 달렸다.

메이플이 밀려나면 【헌신의 자애】의 범위에서 벗어나고 마는 것이다.

사리라 해도 도망칠 곳이 없는 공격은 피할 수 없다.

"메이플, 【헤비 보디】!"

"앗! 맞다! 【헤비 보디】!"

사리의 목소리에 생각났다는 듯 메이플이 스킬을 발동한다.

그리고 스킬 효과로 그 자리에서 움직이지 못하게 되는 대신 넉백을 받지 않게 된 메이플 쪽으로 사리가 후다닥 달려든다.

"음. 저러면 가까이 못 가는데?"

"외길이라니 운이 나쁘네. 일단 이러는 동안 넉백을 어떻게 할지 생각해야 해."

"……그거라면 【천왕의 옥좌】!"

메이플이 그렇게 말하자 하얀 옥좌가 나타난다.

그리고 넉백 무효 효과가 끊겼을 때 메이플이 날려가서 옥좌에 털썩 착석했다.

"이거라면 튕겨나가도 괜찮아!"

메이플이 사리가 받고 있는 바람의 칼날의 넉백도 넘겨받으며 웃는다.

"그럼 이제는 원흉을 처리해야지. 메이플, 한번 쏴 볼래?"

"응, 오케이! 【포구 전개】!"

메이플의 양 어깨에서 포신이 뻗어 나오고 두 개의 커다란 포구가 몬스터에게 향한다.

그것들은 하얗게 빛나는 레이저를 쏘아 바람의 칼날을 몇 개인가 날려 보내면서 구름 몬스터에게 닥쳐든다. 그러나 레이저는 몬스터가 펼친 바람의 장벽에 가로막혀 사라지고 말았다.

"응, 오케이. 장벽은 정면뿐이네."

"하지만 어떻게 할 수가 없는데?"

"내가 주의를 끌 테니까 그 틈에 쏴."

사리는 두 대거를 집어넣고, 실을 벽에 붙여서 준비를 시작한다.

"사리는 공격을 피할 수 있지?"

"물론. 바람의 칼날을 쳐서 떨어뜨릴 수 있다는 것도 알았고."

메이플과 사리는 각각 행동을 정했다.

그리고 준비가 끝나자 사리는 실을 날려서 벽을 쭉쭉 타고 올라갔다.

"【얼음 기둥】! 【파이어 볼】! 오보로, 【불기둥】."

"【공격 개시】!"

사리는 도중에 발판을 몇 개 만들어내더니 바람의 칼날을 쳐서 떨어뜨리고는 그 틈새를 스르르 빠져나와 몬스터 근처까지 갔다.

메이플도 레이저를 쏘아 바람의 칼날을 날려 보내며 사리를 보조한다.

처음에는 놀랐지만, 두 사람이 제대로 연계공격을 가해서 공략하지 못할 상대는 아니었다.

사리는 벽을 따라 몬스터 바로 뒤로 내려오더니 푸른 오라를 휘날리며 몬스터를 베었다.

공격이 바람의 장벽에 가로막혔지만 사리는 그대로 공격을 계속했다.

"【얼음 기둥】! 【오른손:실】, 【황천으로 가는 걸음】!"

그리고 몬스터가 사리 쪽을 돌아보고 바람의 칼날이 날아온 그 순간.

사리는 얼음 기둥에 실을 뻗고, 메이플에게 받은 신발의 스킬로 공중에 발판을 만들어 거리를 벌린다.

"아아~. 이쪽을 보면 안 되는데 말이야."

사리가 그렇게 말한 직후 통로에 폭음이 울리고 불꽃이 휘날렸다.

연기를 뚫고 날아온 메이플이 몬스터에게 단숨에 육박한다.

메이플을 붙들고 있던 수많은 바람의 칼날도, 강력한 장벽도 정면만 향하고 있었던 것이다.

"【공격 개시】! 어떠냐!?"

코앞에서 쏜 레이저와, 닿은 모든 것을 집어삼키는 방패가 몬스터의 HP를 단숨에 날려 버린다.

"이걸로 끝이야!"

휘둘렀던 방패를 끌어당겨 한 번 더 내리치자 몬스터는 빛이 되어 사라졌다.

"수고했어, 메이플! 나이스 공격!"

"응! 사리도 고마워! 앗, 잠깐만 기다려."

메이플은 옥좌를 돌려놓고 병기를 집어넣은 뒤 갑옷에 붙은 그을음을 툭툭 털었다.

"우, HP는 그렇게 안 높았지만 필드 보스만큼 셌지. 그런 게 그냥 통로에 있다니…… 역시 난이도가 높다는 얘길까?"

"……다들 그렇게 생각할 거야, 분명."

사리는 뭐라 하기 힘든 표정으로 메이플을 빤히 바라보면서 그렇게 말했다.

"……? 잘 모르겠지만, 어어, 빨리 가자! 저게 또 오면 큰일이야!"

"응, 그러네. 얼른 돌파해 버리자."

사리가 함정을 찾아내고, 피할 수 있는 몬스터는 조용히 길을 바꾸어 피하면서, 두 사람은 탐색을 계속했다.

몬스터를 잡고 이동하고, 또 잡고 이동한다.

메이플과 사리는 그렇게 해서 보스방 앞에 당도했다.

대미지는 없었지만 거듭된 전투로 【악식】을 다 써버렸다.

"1층은 이런 느낌이겠지. 관통 공격 몬스터도 안 보였고."

"덕분에 살았어. 2층에도 없었으면 좋겠는데……."

메이플에게는 관통 공격의 유무로 난이도가 크게 달라진다.

방어력은 높아도 HP가 낮기 때문에 관통 공격만큼은 계속

맞을 수 없는 것이다.

"응, 그럼 얼른 보스를 해치우고 2층 길을 뚫어 둘까."

"응. 벌써 시간이 오래됐으니까, 오늘은 거기까지 할까?"

"그러네. 그렇게 할까."

그렇게 선언하고, 두 사람은 보스방 문을 열고 안으로 들어

갔다.

울퉁불퉁한 바위벽에 금이 간 지면.

지면에는 여기저기 지반이 약한 모래가 깔려 있어서 멀쩡하

게 걸을 수 있는 장소가 제한되어 있었다.

"……사리."

"응, 아마 밑에서 올 거야."

사리가 그렇게 말한 그때, 지면의 모래를 휘감아 올리며 땅속에서 모래 색깔의 비늘을 가진 용이 나타났다.

붉게 빛나는 눈동자가 두 사람을 노려보고, 그 직후 커다란 포효가 방에 울려 퍼졌다.

"메이플!"

"【공격 개시】!"

두 사람 사이에서는 이미 지원하라는 말을 할 필요도 없어서, 사리가 뛰어나가자마자 메이플이 사격을 개시한다.

큰 대미지를 가할 탄환과 레이저가 용에게 덮쳐든다.

그러나 용이 그것을 보고 포효하자, 용의 몸 표면을 투명한 결정이 뒤덮더니 놀랍게도 모든 공격이 그대로 튕겨 돌아왔다.

"……윽! 【초가속】!"

사리가 가속하여 되돌아온 메이플의 탄환을 대거로 튕겨내고, 레이저를 휙 회피하고 메이플의 【헌신의 자애】 범위 안으로 돌아왔다.

"미안, 사리!"

"아니, 괜찮아. 메이플, 잠깐 상황을 보고 있어."

"응, 알았어."

메이플은 사리 앞에 서더니 방패와 【헌신의 자애】로 사리를 완벽하게 지키려는 태세에 들어갔다.

범위 내의 관통 공격은 메이플의 【헌신의 자애】로 잘 받아낼 수 없기 때문에 방패를 제대로 들고 있어야 한다.

　두 사람이 가만히 상태를 보고 있자 용은 모래 속으로 돌아갔다.

　"밑을 경계해! 메이플!"

　"그렇다면! 【포구 전개】!"

　철컥 소리를 내며 메이플의 병기가 대량으로 전개된다. 그리고 메이플은 사리를 꽉 끌어안고는 연기를 남기고 천장을 향해 날아올랐다.

　용은 두 사람 바로 밑에서 튀어나와 공격했지만 높은 천장에 닿을락 말락 날아간 메이플과 사리에게는 닿지 않았다. 날아올랐던 모래와 암석이 어지러이 지면에 떨어진다.

　"여전히 호쾌하네……. 하지만 나이스!"

　"이대로 멀어질게!"

　메이플의 자폭 비행은 폭풍으로 날아갈 뿐이라서 기본적으로 제대로 착지할 수 없다.

　메이플은 사리를 위로 돌리고 등부터 땅에 떨어진다. 그 충격으로 자폭 파괴를 면했던 병기마저 와장창 부서지고 말았다.

　"어떻게 공격할까……. 응?"

　사리는 땅에 굴러다니는 검은 암석을 발견했다. 용이 모래를 휘감아 올릴 때 굴러나온 것이다.

　사리가 생각을 정리하려고 할 때 메이플이 외쳤다.

"사리! 뭔가 와! 【피어스 가드】!"

메이플의 목소리를 덮어버리듯이 용의 입에서 모래 브레스가 쏟아져 나온다.

브레스는 방패 뒤에 숨어 있던 두 사람을 강력한 넉백으로 날려 지면에 구르게 만들었다.

메이플이 순식간에 발동한 【피어스 가드】 덕분에 관통 공격이었던 브레스는 효력을 잃고 메이플에게 막혔다.

"미안, 방심했어!"

"괜찮아!"

두 사람의 목소리를 용의 포효가 가로막는다.

그와 동시에 지면에 굴러다니던 검은 암석이 커다란 소리를 내며 폭발했다.

"메이플! 저거! 저 돌을 써서 공격할 수 있을 것 같아!"

"……?"

"브레스를 뿜을 때 입에 던져 넣어! 외부의 공격이 튕겨나간다면 대부분 안쪽이 약점이야!"

"그래? 알았어!"

지금까지는 실컷 당했지만 이제부터는 반격하겠다는 듯이 두 사람은 활기를 띠었다.

두 사람은 용이 다시 암석을 뿌리기를 기다려 행동을 개시했다.

"내가 주의를 끌 테니까, 메이플은 암석을 부탁해!"

"오케이!"

사리는 【헌신의 자애】의 범위에서 벗어나 용에게 공격을 시도하러 간다.

그 공격들은 튕겼지만, 주의는 끌 수 있었던 모양인지 용은 발톱과 꼬리로 공격했다.

그러나 공중에서 달릴 수 있게 된 사리에게 동작이 큰 공격이 맞을 리가 없었다.

"오케이…… 브레스가 온다!"

사리는 뒤에서 돌을 모으고 있는 메이플에게 말한다.

하지만 생각한 대로 그렇게 잘 되지는 않는 법인지, 용은 브레스를 옆으로 쏘는 걸로 변경했다.

"흡!"

제대로 집중하고 있으면 문제없다는 듯이, 사리는 공중을 달리며 옆으로 쏟아지는 브레스를 피한다.

그리고 모래의 격류와 굉음이 사라졌을 때 메이플을 확인하려고 돌아본 사리의 옆을 메이플이 날아갔다.

"어?"

병기에 암석을 여러 개 걸어서 운반해 온 메이플은 흩날리는 모래를 날려 버리더니.

그대로 커다랗게 벌린 용의 입속으로 뛰어들었다.

"후후후…… 이번에는 우리가 공격할게! 【전 무장 전개】!"

메이플이 입속에 던져 넣은 암석은 잇달아 폭발했지만 메이플에게 들어오는 대미지는 없었다. 용은 그대로 메이플을 씹어서 찢으려 했지만 암석과는 비교도 되지 않는 단단함을 자랑하는 메이플이다. 그 이빨은 병기는 부술 수 있어도 정작 중요한 메이플의 HP에는 미치지 않았다.

"【히드라】! 【공격 개시】!"

메이플은 그대로 병기를 전개해 용의 입에 걸쳐서 닫히지 않게 하고는 총과 레이저, 맹독을 있는 대로 퍼부었다.

날뛰고 또 날뛰어도 용은 메이플을 토해낼 수 없었다.

병기가 몇 번이나 폭발했지만, 폭발해도 메이플은 사라지지 않는다.

보고 있는 사이에 HP 게이지가 확확 깎여나간다.

"으으응! 날뛰지 마…… 왓!?"

용은 메이플을 입속에서 꺼내지 못한 채 땅속으로 파고들려 했지만, 머리를 모래에 처박았을 때 【포학】으로 괴물로 화한 메이플이 용의 몸을 꿰뚫고 지나갔다.

그리고 너무나도 허무하게.

용은 모래가 되어 사라락 흩어졌다.

사리가 용이 있던 모래구멍으로 달려와 메이플을 찾는다.

그러자 모래구멍 중심에서 머리만 내밀고 사리를 바라보는 메이플과 눈이 마주쳤다.

"······당겨 줄까?"

"부탁해!"

탑 1층에서, 사리의 마지막 일은 메이플 구출이었다.

이벤트 중에 운영진은 통상 필드와 이벤트 필드를 관리하고 있다.

방에 타닥타닥 키보드를 두드리는 소리가 울린다.

"최고 난이도에서도 꽤나 쭉쭉 올라가는군······."

남자 한 명이 모니터를 바라보며 그렇게 중얼거린다.

모니터에는 현재 공략된 층과 인원수가 나오고 있고, 최고 난이도를 공략하고 있는 플레이어 중 선두는 현재 3층을 공략하는 중이었다.

"그러네요. 뭐, 나름대로 성가신 보스만 있으니까 완주하려면 더 걸리겠죠."

그 말을 들은 남자가 지금은 순조로워도 어느 층인가에서 막히는 일도 있을 거라는 듯이, 작업을 계속하면서 말을 받는다.

"하지만 난이도는 전체적으로 조금 더 올려도 좋을 것 같군……. 한 단계 아래 난이도의 공략도 전체적으로 빨라."

모든 탑에서 예상했던 것보다 빠른 속도로 공략이 진행되고 있었다. 최고 난이도에 갈 수 있는 레벨의 플레이어가 한 단계 아래 난이도에 도전하고 있는 것도 원인이다.

"뭐, 막 시작된 참이니까요. 어떠세요? 어디 보스방이라도 보실래요?"

"그럼 최고 난이도라도 봐 놓을까. 마침 전투에 들어간 모양이고 말이야."

"알겠습니다……. 으음, 예. 나옵니다."

"음……."

어떤 건지 보려고 모니터를 먼저 확인하던 남자가 눈을 감고 신음하더니, 머리를 옆으로 젓고는 가늘게 눈을 떴다.

거기 비친 것은 검은 갑옷의 소녀와 파란 옷의 소녀.

즉 메이플과 사리였다.

"어……. 음…… 뭐, 보자고."

남자는 일반적인 플레이어의 전투를 확인할 작정이었지만 그 희망은 이루어지지 않았다.

화면 속에서는 사리와 메이플이 용에게 일방적으로 공격을 받고 있던 참이었다.

"단단하군…… 단단해. 뭐, 얘를 화력으로 죽일 수 있는 보스는 넣으면 안 되니까."

"하지만 저 용의 브레스는 관통 효과가 있죠?"

"예비 동작이 나름 크니까 알면 막을 수 있을지도 몰라."

그런 이야기를 하고 있는데 화면 속의 두 사람이 브레스에 삼켜졌다.

그것을 보고 남자는 조금 놀란 듯한 얼굴을 했다.

사리가 회피 동작을 취하지 않았기 때문이다.

"못 피했네요. 대미지는 없지만요. 위력도 그럭저럭 나올 텐데요……."

"뭐 이제 와서 말해 봐야. 사리 쪽도 메이플의 자애가 있어서 그런지, 뭐. 다만…… 그렇다면."

남자는 입가에 손을 대고 한동안 생각에 잠긴다.

그리고 무언가에 생각이 닿았는지 흠칫 놀라며 눈을 부릅떴을 때, 화면 속 메이플이 용의 입에 뛰어들었다.

"왜지?"

"아니, 폭탄…… 앗."

용의 입에서 흘러넘치는 맹독의 파도, 터지는 레이저의 빛, 폭발하는 암석에서 들리는 거라고는 생각할 수 없는 호쾌한 폭발음. 용이 지면에 파고들었을 때 그 몸을 찢어발기듯이 괴물의 아가리가 튀어나왔다.

"폭탄…… 폭…….."

"입속…… 입인가……."

"뭐가 잘못됐던 걸까요, 이거……."

"입을 열게 만든 거……겠지."

하지만 입을 다물고 있다면 이미 그것은 용이 아니라 움직이는 바위가 아니냐고, 두 사람은 생각했다.

그리고 곧바로, 그러고 보니 상대하고 있었던 것도 움직이는 바위에 가까운 존재였다고 멍하니 생각했다.

"왜 돌을 던지기 전에 뛰어드는 거야! 안 뛰어들어도 이길 수 있는 방법이 분명히 있을 텐데!"

지극히 당연한 의문이 터져 나오지만 대답해 줄 사람은 이곳에 없다.

"다음 보스는 입을 안 벌리니까 괜찮습니다……. 저럴 일은 없어요……. 없을 거……라고요."

"이봐, 다른 녀석들한테도 나중에 보여주자고. 우선은 이 용을 제작한 담당자부터."

"예, 뭐."

'비극은 공유해야 한다.' 그 소리를 한 사람은 옛날에 메이플이 산산조각 낸 2층 보스를 만든 담당자였다.

슬픔은 연쇄적으로 일어나는 법인 모양이다.

"다음번에는 이렇게 안 될 거라고!"

"그 소리는 매번 하잖아요!"

두 사람은 휴식 시간에 방에서 나갔다.

그리고 이 영상을 굳이 찾아가서 보여주자, 담당자는 얼굴을 일그러뜨리고 비명을 질렀다.

11장 방어 특화와 탑 2층.

1층을 공략한 두 사람은 다시 날을 잡아 2층 공략으로 넘어 갔다.

한번 1층을 깼기 때문에 밖으로 나가도 2층부터 바로 시작할 수 있다.

2층으로 발을 내디딘 두 사람의 눈앞에 펼쳐진 것은 양쪽 벽이 책으로 가득 찬 통로였다.

높은 책장이 천장까지 닿아 있고, 통로의 폭은 1층과 비슷한 수준이다.

"도서관일까?"

"그런 느낌이네. 음, 마법 공격이 많을 것 같아."

"이 정도 폭이면 시럽을 못 타겠네……."

메이플의 말대로 실내에서는 시럽을 타고 이동할 수 없는 경우가 많다.

하늘을 날다 보면 대부분 피할 수 있지만, 이번 이벤트에서는 그렇게 되지 않았다.

"착실하게 걸어서 공략하자."

"네~. 그래야지, 시간은 좀 걸리겠지만."

두 사람은 서두르듯이 통로를 나아간다.

오른쪽도 왼쪽도 책밖에 없는 통로를 어느 정도 이동하자 교차로가 나온다. 어느 통로나 똑같은 풍경이었다.

"메이플, 어느 쪽부터 갈까?"

"……왼쪽?"

"그럼 왼쪽으로."

두 사람이 교차로를 왼쪽으로 꺾자마자.

책장에서 책 한 권이 확 튀어나와 두 사람을 향해 날아왔다.

"……! 엇, 차!"

사리는 재빠르게 반응해 몸을 숙여서 날아온 책을 피하고 그대로 대거를 뽑아 카운터를 넣었다.

책 타입 몬스터는 붉은 대미지 이펙트를 흩뿌리면서도 여전히 속도를 잃지 않았다.

그리고 확 펼쳐지더니, 원래 책에는 없어야 할 날카로운 이빨이 페이지 가장자리에 나타났다.

그것은 그대로 메이플의 얼굴을 물어뜯었다.

"우왓!? 잠……깐, 사리! 안 보여, 안 보여! 떼, 떼어 줘!"

메이플이 머리를 붕붕 흔들었지만 몬스터는 꽉 문 채 떨어지지 않는다.

"잠깐만 기다려. 【더블 슬래시】!"

사리가 빈틈투성이 몬스터에게 재빨리 연격을 때려 넣는다.

HP가 상당히 적게 설정되어 있는지 책 타입 몬스터는 쉽게 쓰러져 빛이 되어 사라졌다.

"깜짝 놀랐어⋯⋯. 하지만 여기서 나오는 몬스터라면 저런 느낌이겠네."

"그러게 말이야. 그런데 이렇게 되면 어디서 튀어나올지 모르겠는걸."

모른다고 해서 피할 수 없는 건 아니지만, 사리는 경계하면서 주위를 확인한다.

하지만 어딘가 정해진 위치를 지나가지 않으면 안 나오는지 지금은 몬스터의 기척이 없었다.

"【헌신의 자애】할까?"

"응, 부탁해. 바람 마법 같은 건 범위 공격이 많으니까."

메이플은 【헌신의 자애】를 발동하고 포션을 마셔서 HP를 완전히 회복했다.

두 사람은 다시금 책이 꽉 들어찬 책장 사이의 통로를 나아간다.

"아까 책은 별로 안 셌지."

"글쎄? 공격력이 높았던 걸지도⋯⋯ 아마."

메이플에게 어느 정도 높은 공격력으로 덤벼도, 주위에서 보는 사람은 그 위력을 알 수 없다.

공격력이 1이든 1000이든 메이플 앞에서는 똑같은 것이다.

"신기한 책을 보면 카나데가 생각나."

"······2층 보스는 정말로 그런 느낌일지도 몰라. 공격 종류가 많을 것 같다고 해야 하나."

"아하. 어딘가에 정보가 적혀 있지 않을까? 이렇게 책이 많은데."

메이플이 왼쪽 책장에 손을 뻗어 책을 한 권 뽑으려고 했다. 하지만 책은 고정되어 있어서 움직이지 않았다.

"안 되나. 아쉬워라."

"하지만 확실히 어딘가에는 있을지도 모르겠다. 1층은 다 돌기 전에 보스까지 갈 수 있어서 신경 쓰지 않았지만. 이번엔 그런 것도 찾으면서 가자."

"그러자!"

메이플이 기운차게 대답했을 때 다시 책 몬스터가 튀어나왔다.

그것은 두둥실 천장 근처까지 올라가더니 곧장 벼락을 떨어뜨렸다.

넓은 범위에 전격이 퍼지고 굉음과 함께 빛이 통로를 밝힌다.

"어떡할까 사리? 잡을까?"

"응, 눈부시니까."

두 사람은 침착하게 그런 대화를 주고받았다.

메이플은 병기를 전개해 포구를 돌렸다.

치솟는 레이저의 빛이 떨어지는 벼락을 지워버리고, 이어지는 레이저가 책을 불사른다.

용서 없는 공격에 이번에도 몬스터는 곧바로 쓰러졌다.

"후후후, 함정도 아니고 이 정도라면 괜찮아!"

"든든하네. 아, 다음은 세 권이 동시에 오나 봐."

멀리서 빛을 띤 책 세 권이 두 사람 쪽으로 둥둥 날아온다. 그것을 본 사리가 메이플 쪽을 보고 말하자 메이플은 금세 해야 할 일을 알아차렸다.

"맡겨 둬!"

똑같이 병기가 통로 앞쪽으로 향한다.

몬스터도 메이플을 쓰러뜨리고 싶다면 대부분 사거리 내로 들어올 수밖에 없는 것이다.

탐색을 막 개시한 참이라 아직 능력을 전부 쓸 수 있는 메이플을 상대하는 것은 잡몹에게 무거운 짐이었다.

메이플과 사리는 순조롭게 넓은 도서관을 나아간다.

그러나 마치 미로처럼 얽힌 도서관은 오른쪽도 왼쪽도 똑같은 풍경뿐이라 안쪽으로 가고 있는지 아닌지도 알 수 없었다.

메이플은 기분을 전환하려는 듯 장비를 변경해 6층 저택에서 입수한 녹색 드레스를 입고 있었다.

"얼마나 진행했을까?"

"음, 어떨까. 꽤 많이 걷긴 했는데…… 아, 또 나왔어."

어두운 복도 앞쪽에서 책 몇 권이 날아오는 것을 확인한 사리가 메이플에게 말한다.

메이플은 말하지 않아도 안다는 듯이 병기를 향했다.

"후후. 【공격 개시】, 【폴터가이스트】!"

메이플이 그렇게 말하자 발사된 레이저가 메이플의 손동작에 맞춰서 궤도를 쭉 바꾸어 책을 쫓아가서 불태운다.

고난이도 탑인 만큼 곧바로 소멸하지는 않았지만, 여러 줄기의 레이저 중 하나가 명중해 HP를 깎아낸다.

외길 통로는 메이플에게 더할 나위 없이 싸우기 쉬운 장소이다.

"오……. 익숙해졌네……."

"한 줄씩 움직이기만 하면 돼서 쉬워! 검을 휘두르는 것처럼, 이렇게!"

메이플은 그렇게 말하고 손을 붕붕 흔들어 보인다.

똑바로 날아오기만 하는 책은 점점 HP가 깎여 나가, 이윽고 빛으로 변해 사라졌다.

"원거리 공격은 역시 잘하네. 엄청 이상하지만…… 이상하지만 말이야."

"하지만 이 공격은 그렇게까지 대미지를 못 주고, 내가 아직 서툴러서 빠른 몬스터한테는 안 맞아."

"그건 뭐, 연습이 필요하다는 거지. 맞히기 쉬운 공격이긴 할 거고."

"그렇지……. 이젠 다 없어졌어?"

메이플이 실눈을 뜨고 통로 앞쪽을 본다.

사리도 똑같이 보고 아무것도 없다는 것을 확인했다.

"응, 완벽해."

"좋아, 그럼 계속 가자!"

때때로 나타나는 책을 쳐부수면서 두 사람은 계속 나아간다.

모퉁이가 나올 때마다 사리가 신중하게 앞쪽을 확인하고, 전투는 되도록 피했다.

"괜찮아, 메이플. 메이플?"

"어때? 똑똑해 보여?"

사리가 메이플 쪽을 보자, 메이플은 인벤토리에서 꺼낸 듯한 안경을 쓰고 손에는 두꺼운 책 한 권을 들고 있었다.

그리고 벽을 이루고 있는 책장에서 책이 한 권 뽑혀 있다.

"……그 말만 안 했으면?"

"웃…… 그래? 음, 그렇구나."

메이플은 빼낸 책을 팔락팔락 넘기면서 중얼거린다.

사리는 메이플 가까이 와서 그 책을 들여다봤다.

"새하얗네? 아무것도 안 적혀 있구나……."

"뭔가 쓰고 갈까―? 앗!?"

메이플이 그렇게 말하는데, 책이 팟 하고 빛이 되어 손에서 사라져 버렸다.

그리고 잠시 후 원래 있던 장소에 스윽 나타났다.

"못 가져가는구나…… 아쉬워라."

"가지고 갈 수 있으면 이상하게 쓸지도 모르니까 말이야―. 안 그래?"

사리가 그렇게 말하고 메이플 쪽을 빤히 본다.

메이플은 그 시선의 뜻을 깨닫고 눈을 슥 피했다.

"안 그래……. 으음, 가아끔, 이상한 일이 일어나기도 하지만. 음…… 생각은 했지만, 일부러 그런 건 아닌걸?"

"하긴 그렇……겠지. 응, 맞아."

사리는 메이플이 이야기해 준 지금까지의 행동과 그 결과를 돌이켜 보고 납득한 듯이 고개를 끄덕였다.

생각은 했지만, 일부러 그런 건 아니다.

확실히 그 말대로다.

"그, 그보다! 앞으로 갈 수 있을 것 같아?"

"응. 지금으로선 적의 기척도 없어. 하지만 여기서부터 좀 어두워졌으니까 조심해."

두 사람은 의논 끝에 메이플이 등불을 들기로 했다.

마음만 먹으면 방패를 늘릴 수도 있고 무기를 늘릴 수도 있으니 딱 맞는 역할이라고 할 수 있다.

메이플이 인벤토리에서 랜턴을 꺼내 통로를 비춘다.

"사리? 이거 빛이 평소보다 약한가?"

"……원래 그런 장소인 걸까. 잘 모르겠지만…… 그렇다면 【파이어 볼】!"

사리가 마법을 발동하자 평소보다 작은 화염구가 통로를 날아간다.

"일부 마법이나 스킬 같은 게 약화된 것 같네. 빛이나 불 같은 걸까? 메이플은…… 공격 쪽은 괜찮지 않을까?"

사리가 메이플의 스킬을 떠올리면서 말한다.

메이플의 스킬은 빛이나 어둠 같은 것으로 구성되고, 공격을 담당하는 스킬은 이름부터가 밝지 않다.

"그러고 보니…… 【헌신의 자애】는 안 바뀐 것 같은데, 왜 그럴까?"

메이플이 2층에 들어와서 계속 쓰고 있는 【헌신의 자애】는 겉으로 봐서 변화가 없었다.

"좀 더 진행하면 바뀔지도. 공격을 안 받도록 해야겠다."

"할 수 있지?"

"물론. 그러니까 범위 공격은 그 방패로 잘 막아 줘."

"맡겨 줘!"

두 사람은 가능한 한 위험을 없앨 수 있도록 보다 더 신중하게 어두컴컴한 통로를 나아갔다.

사리가 앞서고 메이플이 뒤따라서 어두운 통로를 나아간다.

"지금으로선 아무것도…….."

"사, 사리!?"

"메이플?"

갑자기 메이플이 목소리를 높여서 사리가 놀라 뒤돌아본다.

뒤에 있던 메이플은 땅에서 뻗어 나온 손 모양을 한 검은 그림자에게 발과 병기를 붙들려 움직이지 못하고 있었다.

"괜찮아!?"

"우, 움직일 수 없기만 한가 봐. 어!?"

"윽! 미안!"

메이플이 그렇게 말하고 있을 때 이빨이 몇 개나 돋아난 책이 날아와 메이플의 온몸을 물어뜯었다.

사리는 뛰어서 물러났지만 붙잡혀 있던 메이플은 온몸을 물어뜯기고 말았다.

"사리! 떼어 줘, 떼어 줘! 이, 이 장비는 망가지면 곤란해!"

"기다려, 금방 떼 줄게!"

사리는 메이플에게 접근해 먼저 책을 베어 해치웠다.

변함없이 내구력은 없는지 전부 쉽게 메이플에게서 떼어낼 수 있었다.

"다음은 손 쪽을⋯⋯ 사라졌네? 어라⋯⋯"

"장비는 괜찮은 것 같지만, 나중에 고쳐 달라고 해야지."

메이플은 그렇게 말하고 【파괴성장】을 가진 검은 장비로 교체했다.

장비는 어쨌거나 당연히 메이플 본인에게는 대미지가 없다.

하지만 사리는 메이플에게 일어난 어떤 변화를 깨달았다.

"메이플?【헌신의 자애】가 사라졌어."

"어라? 왜일까. 음…… 심지어 못 쓰게 됐어. 30분만 못 쓰는 것 같지만."

"스킬 봉인 계열 공격이었던 걸까? 메이플만 노린 이유는……【헌신의 자애】일까, 랜턴을 들고 있어서일까."

"하지만 불을 끌 수도 없고……. 아! 하지만 이제 내가 또 공격받으면 랜턴이나 빛나는 게 원인이란 걸 알 수 있겠네!"

"빛만 나는 거라면 나도【검무】이펙트가 있으니까, 뭔가 있을 것 같지만. 뭐, 메이플의 방어력이라면 걱정할 게 없으려나."

메이플을 노리는 상태라면 문제없다.

목표였던 노 대미지는 달성하지 못하게 되지만,【불굴의 수호자】로 한 번은 공격을 견딜 수 있기 때문에 곧바로 당할 일은 없었다.

"맡겨 둬! 확실하게 방어할게."

"관통 공격은 내가 파악할 테니까【피어스 가드】를 의식하고 있어."

"응, 괜찮아!"

메이플은 자신 있게 방패를 들어 올리는 동작을 했다.

"이런 소리를 했더니 곧바로 다음 게 온 것 같은데……?"

사리가 약간 자신 없다는 듯이 중얼거린다.

사리가 가리킨 어둠의 안쪽. 그곳에 가만히 서 있는 사람 모양 그림자가 보였다.

그 그림자는 하나밖에 없는 붉은 눈을 책장으로 향한 채 전혀 움직이지 않는다.

"어떡할까? 사리."

"가까이 가기 싫지만, 외길이고, 음. 책장 위로 지나갈까? 하지만 일단 어떤 적인지는 확인하는 게 좋으려나……."

"위쪽…… 지나갈 수 있어?"

"뭐, 메이플이 자폭하는 것보단 조용히 갈 수 있을 것 같은데. 할래?"

몬스터를 피할 수 있다면 좋다고 메이플은 사리의 제안을 받아들였다.

"응, 그럼 잠깐만 기다려."

"응, 알았어."

사리는 사전 준비라도 하듯이 메이플에게 거미줄을 휘감더니, 반지를 두 개 껴서 【STR】을 올리고 얼음 기둥을 출현시켰다.

"그럼 간다."

"어?"

메이플은 거미줄로 사리와 이어진 채 쭉 끌려 올라갔다. 사리는 벽과 얼음 기둥을 경유해 천장에 달라붙었다.

메이플은 거미줄에 감겨 공중에 매달려 있다.

"오, 오오……."

메이플은 공중에서 흔들리며 사리에게 운반되고 있었다.

그렇게 해서 두 사람은 몬스터의 훨씬 위쪽으로 지나가 충분한 거리를 벌렸을 때 땅에 내려갔다.

"후우, 생각보다 잘된 것 같아."

"괴, 굉장하다! 닌자 같아!"

"또 어디서 쓸 수 있을 거야. 메이플만 괜찮다면 말이지만."

"가끔은 재밌을지도! 새로운 감각이란 느낌!"

"뭐, 현실에서는 못 하는 움직임이니까. 그건 그렇고 저거, 진짜로 안 움직이네……."

사리가 고개를 돌려 몬스터 쪽을 보자 그림자는 여전히 전혀 움직이지 않았다.

이동조차 안 하는 건가 싶어서 사리는 잠시 관찰해 봤지만 변화는 없었다.

"다가가든지, 공격하든지일까? 어떻게 지나가도 피할 수 없을 것 같은 곳에 있으면 시험해 보자."

"그러자. 보스방에서 부하로 나오면 무서우니까. 뭐 한 마리밖에 없으면 보스전에서 경계할 일도 없을 것 같아."

위험도를 알 수 없기 때문에 두 사람은 이번에는 패스하기로 했다.

"그럼 계속 갈까, 메이……."

"사리……. 또 붙잡혔어—!"

앞으로 가려던 메이플의 몸을 또 검은 손이 붙들고 있었다.

사리는 이번에는 메이플에게 달려들기 전에 날아온 책을 쳐서 떨어뜨리다가, 도중에 어떤 사실을 깨달았다.

"메이플! 잠깐 기다리고 있어!"

"으, 으응—? 알았어—!"

양손으로 책을 떼어내려고 애쓰면서 메이플이 대답한다.

사리는 아까 패스했던 몬스터 쪽으로 달려갔다.

그 몬스터는 파란빛을 발하고 있고, 검게 물든 지면에서는 손이 흐늘흐늘 뻗어 나오고 있었다.

"할 일이 뭔지 알면 문제없지! 【더블 슬래시】!"

사리가 공격하자 몬스터는 곧바로 흐느적 녹아서 바닥에 스며들었다.

"아! 떨어졌어! 떨어졌어— 사리!"

메이플을 구속했던 손도 마찬가지로 흐물흐물 사라졌다.

그다음은 이제 익숙해졌다는 듯 책을 떼어낼 뿐이다.

다 떼어냈을 때 사리가 말하기 시작했다.

"음. 아까 그 몬스터는 아마 못 해치운 것 같네. 도망친 것 같아. 어딘가에 숨어 있을 가능성도 있으니까, 정기적으로 나올 것 같은데."

"어떻게 못 해?"

"안 지나간 길도 있으니까, 거기 대책으로 삼을 수 있는 게 있었을지도 몰라."

메이플과 사리는 이번에는 모든 길을 지나가지 않았다. 누락된 것이 있는지 아닌지는 알 수 없었다.

"보스방에도 있을까?"

"어쩌면. 그럼 큰일인데."

"들어가자마자 전력으로 잡는 건 어떨까!"

"그럴 수도 있겠네. 어떤 스킬이든 봉인할 수 있다고 해도, 그 전에 잡으면 끝이니까."

두 사람은 보스를 일방적으로 유린할 수 있는 힘이 있다고 거리낌 없이 말하고 있는데, 만약 이 자리에 다른 사람이 있었어도 그 말을 부정하기는 힘들 것이다.

그리고 두 사람은 다시 걷기 시작했다.

그리고 그 후로도 메이플이 몇 번인가 스킬 봉인을 당했지만 두 사람은 보스방까지 당도했다.

눈앞에는 평소처럼 커다란 문이 보였다.

"겨우 도착했네!"

"도중에 안 갔던 루트를 보러 가고 싶은데…… 뭐, 이번에는 됐어. 그런데 메이플은 아직 스킬 봉인 상태야?"

"어디 보자……. 20분 후에 원래대로 돌아오는 것 같아."

"그럼 그걸 기다리고 나서 할까. 만전의 태세로 가자."

두 사람은 문 앞에 앉아 이야기를 하며 시간을 때웠다.

그리고 메이플의 스킬 봉인이 전부 사라졌을 때 마침내 보스 방에 돌입했다.

　"분위기는 비슷……하네."

　메이플이 주위를 둘러본다.

　지금껏 그랬던 것처럼 책으로 가득한 책장이 벽을 이루고 있는 넓은 방이었다.

　사리도 마찬가지로 경계하고 있는데, 어둑어둑한 방의 맨 안쪽 허공에 파란 마법진이 전개되었다.

　"응? 메이플! 온다!"

　"오케이! 먼저 【전 무장 전개】!"

　태세를 갖춘 두 사람 앞에 나타난 보스는 몇 미터는 될 듯한 두껍고 커다란 책이었다.

　책은 파란빛을 두르면서 천천히 지면 부근까지 내려왔다.

　"선수필승! 【공격 개시】!"

　메이플이 총탄을 쏨과 동시에 공중에 있던 책이 팔락팔락 넘어가고, 불타는 책의 그림이 그려진 페이지가 펼쳐진다.

　그리고 그 페이지에 대응하듯이 주위의 책장에서 빨간 책이 튀어나와 화염구를 쏘기 시작했다.

　"메이플, 오른쪽 부탁해! 이쪽은 맡겨 둬!"

　"응, 괜찮아!"

　사리는 메이플에게서 떨어져 달리더니 마법과 스킬로 책을 쳐서 떨어뜨린다.

　그러는 사이에 커다란 책이 새로운 페이지로 넘어가더니 방 구석에 사람 모양 그림자가 나타났다.

　도중에 스킬을 봉인했던 몬스터가 합계 다섯 마리 소환된 것이다.

　"앗! 그, 그건 안 돼!"

　"전부는 제때 못 해치워……!"

　"음, 그럼 【히드라】, 【흘러나오는 혼돈】!"

　봉인되기 전에 풀어놓은 히드라와 괴물이 총탄과 함께 보스를 향해 날아간다.

　그와 동시에 커다란 책의 페이지가 팔락팔락 넘어가고, 보스 앞에 파란색 장벽이 나타났다.

　그 결과 그 파란색 장벽에 메이플의 공격이 가로막힌다. 요란한 소리가 나면서 장벽이 부서지기는 했지만 보스에게 들어가야 할 대미지는 많이 감소했다.

　"사리, 전혀 안 통해!"

　"위력이 너무 센 공격은 역효과일지도 몰라! 내가 할게! 【초가속】!"

　"그럼 나는 그림자 쪽을!"

　사리는 얼음 기둥을 꺼내 메이플이 만든 독 바다를 피하면서 보스 쪽으로 향했다.

메이플은 자신에게 덤벼드는 그림자 몬스터를 꿰뚫는다.

책에게 화염구를 맞아도 딱히 추가 효과가 없었기 때문이다.

"이건, 어떠냐!"

주위의 몬스터는 메이플에게 맡기고, 사리는 보스 위를 빠져나가듯 이동하면서 대거로 몇 번이나 벤다.

책은 장벽의 페이지를 펼치지 않으면 방어가 약해서 나름대로 대미지가 들어갔다.

"영, 차! 한 번 더!"

사리가 한 번 더 거미줄을 써서 이동했을 때, 책의 페이지가 넘어가더니 바람이 확 불었다.

사리는 억지로 거미줄을 뻗어 재빨리 범위에서 도망친다.

"위험해라. 아, 넉백이 있구나."

멀리서 메이플이 날려가는 것을 확인하면서, 사리는 다시 보스를 베고 메이플 쪽으로 돌아갔다.

"그럭저럭 깎았으려나."

"고마워, 사리!"

"아직 한참 남았어, 다음은……?"

두 사람이 보스를 확인하자, 때마침 보스의 페이지가 넘어가고 있었다.

그리고 펼쳐진 것은 아무것도 없는 백지 페이지다.

"……어라? 새하얘."

"윽, 메이플! 피해!"

사리가 잽싸게 외쳤지만, 그 전에 바닥에서 나타난 검은 사슬이 메이플의 몸을 타고 올라가 옭아맨다.

사리는 스킬이 봉인될 거라 생각해서 메이플을 제일 먼저 구하려 했다.

"잠, 깐! 어라, 봉인이 안 됐네?"

사리가 어떻게든 떼어내려고 사슬을 하나하나 공격해서 부수고 있을 때 메이플이 말했다.

"어?"

"앗, 아니야! 빼, 빼앗겼어! 스킬!"

그렇게 말한 메이플의 병기가 전부 스윽 사라졌다.

"……어어?"

사리가 마지막 사슬을 끊었을 때, 보스가 페이지를 펄럭펄럭 넘겼다.

페이지에는 수많은 병기의 그림이 있다.

"역시……!"

사리가 눈을 부릅뜨는 와중에, 공중에 마법진이 잔뜩 전개되고 가지가 뻗듯이 병기가 튀어나온다.

"윽! 메이플, 미안! 【오른손:실】!"

"어? 우왓!?"

사리는 메이플에게 거미줄을 붙이더니 그대로 당겨 보스방에서 도주했다.

억지로 당겨진 메이플이 달칵달칵 소리를 내며 지면을 튄다.

"……잠깐 후퇴! 철수—!"

"그러게. 메이플 카피는 상대하고 있을 수가 없는걸!"

총탄이 발사되기 직전에 두 사람은 간신히 방에서 뛰쳐나올 수 있었다.

메이플과 사리는 방에서 뛰쳐나와 서둘러 문을 닫고 문에 기댔다.

"후……. 우선은 이걸로 일단 한숨 돌릴 수 있어."

"어, 어떡할까, 사리?"

"어떡하냐고 해도……. 메이플, 빼앗긴 스킬이 뭐야?"

우선 그걸 모르면 아무것도 안 되겠다 싶어 사리가 메이플에게 물었다.

메이플이 스테이터스 창을 열고 스킬을 확인하자, 놀랍게도 【기계신】, 【흘러나오는 혼돈】, 【천왕의 옥좌】, 【백귀야행】이 없어진 것을 알게 되었다.

"【흘러나오는 혼돈】은 【포학】 같은 것도 포함해서 전부 사라졌어."

"으엑……. 장비에 붙인 것까지 마구잡이로……. 게다가 센 스킬뿐이네. 시간제한은 있어?"

"없는 것 같은데? 이, 이거 안 돌아오는 걸까?"

메이플이 불안한 듯이 사리를 본다.

"보스를 잡거나…… 2층을 나가거나. 뭐 이벤트가 끝나면 돌아올 거라고 생각하지만……."

그것은 이 탑의 공략을 포기한다는 뜻이며, 두 사람에게는 있을 수 없는 일이었다.

"음……. 방법은 있을 것 같지만……."

"엇, 어떻게 될 것 같아?"

메이플이 의외라는 듯이 사리 쪽을 본다.

"노 대미지는 어렵겠지만, 예를 들어서 메이플의 【헌신의 자애】를 떠넘긴다든지. 보스가 그런 스킬을 쓰면 그냥 자살행위가 되겠지만……. 하지만 써 줄지 어떨지 모르니까 안 되려나."

"게다가 【절대방어】를 빼앗기면 큰일이야!"

"그렇지……. 방어력이 없어지면 메이플은 아무래도……."

방어력을 잃은 메이플은 그냥 보통 사람이다.

공격도 방어도 못 하게 되면 어쩔 방도가 없다고 생각했을 때, 사리는 문득 생각이 났다.

"……메이플, 【VIT】 얼마야? 스킬 없이."

"어? 아, 으음……? 그러고 보니 요즘 신경을 안 쓰고 있었네. 보자……."

메이플이 파란 패널을 꺼내 현재의 【VIT】 수치를 확인한다.

"으음. 2000 조금 넘는 정도?"

"음……."

사리는 눈을 감고 그 말을 음미한다.

"아, 세세한 숫자도 말하는 게 나아?"

"아니, 이젠 오차……, 오차는 아니지만……."

사리는 그렇다면 메이플을 걱정할 필요는 없다는 걸 깨달았다.

메이플의 스킬에는 방어 관통 공격이 없기 때문에, 설령 보스가 뭔가를 계속 빼앗아간다 해도 메이플을 쓰러뜨리지는 못하기 때문이다.

"그럼 메이플, 나를 지켜줘. 아무래도 그 사격이 있으면 어쩔 도리가 없으니까……."

"응, 좋아! 그래서 어떡하면 돼?"

"천천히 기다리자. 저 보스가 운 나쁘게 【헌신의 자애】를 가져가서 써 버릴 때까지."

사리는 【더블 슬래시】가 나름대로 대미지를 냈던 걸 보고 보스의 원래 방어력은 높지 않다고 생각했다.

그렇다면 원래의 방어력에 의존하는 【절대방어】나 【포트리스】를 빼앗긴다 해도 어떻게든 될 거라고 결론을 내린 것이다.

"오케이! 그렇게 되면 단숨에 공격하는구나!"

메이플은 주먹을 앞으로 쭉 내밀며, 되갚아 주겠다는 듯이 의욕을 보였다.

"응, 귀찮은 상황은 몇 번쯤 생길 테니까 작전회의는 하고 가자. 여기라면 안전하니까."

사리는 애초에 다른 행동을 할 가능성도 있으니 방심할 수 없다는 뜻을 메이플에게 전했다.

"그럼 여러 가지 작전을 짜고 가야겠네."

이렇게 해서 두 사람은 확실히 이기기 위한 작전을 짜기 시작했다.

메이플과 사리는 얼추 작전을 생각하고 나서 일어섰다.

"결국 대부분 내 스킬 이야기였네."

"메이플의 스킬은 보스가 쓰는 게 더 어울릴 정도니까…….

대책을 생각하지 않으면 나는 무조건 당할걸."

메이플에게는 효과가 없다는 걸 알고 있지만, 사리는 어떤 공격을 받든 끝장인 것이다.

메이플의 공격수단 하나하나에 대해 대책을 생각할 필요가 있었다.

"메이플, 단도랑 방패는 뺐어?"

"응, 뺐어! 독 내성이 없어지면 나도 끝장일 것 같고…….

메이플은 스킬을 빼앗기지 않게 검은 단도와 방패를 빼고 이즈가 만들어 준 하얀 단도와 방패를 장착했다.

갑옷은 이미 스킬을 빼앗기고 말았기 때문에 그대로다.

방어력은 처음 예상보다 내려가고 말았지만, 【고독의 주법】
에 의한 즉사 위험도 있어서, 【히드라】를 넘겨주지 않으려면
이럴 수밖에 없었다.

【악식】도 메이플에게 얼마만큼 효과가 있을지 알 수 없어서
두 사람은 안전한 길을 택했다.

"저 보스의 스테이터스가 어떤지 모르니까. 약화? ……음,
약화한다고 해도 메이플의 방어가 뚫린다면 누구든 대미지를
받을 만한 위력이니까 어쩔 수 없지."

"그치. 괜찮았으면 좋겠다……."

메이플이 조금 불안한 듯이 보스방 문을 바라본다.

"그럼, 메이플. 열게?"

"……좋아! 열어!"

메이플은 자신의 뺨을 탁탁 두드리며 기합을 넣고 방패를 번
쩍 들어 올렸다.

그것을 본 사리가 단숨에 문을 열고, 두 사람은 안으로 들어
갔다.

안에 들어가자 보스의 HP는 완전히 회복되어, 불을 뿜는 책
과 스킬을 봉인하는 그림자를 불러내는 첫 패턴으로 돌아가
있었다.

"처음부터 쓰지는 않는 것 같아. 메이플은 스킬을 빼앗기게
되면 뭘 빼앗겼는지 확인해서 알려줘!"

"응! 알았어!"

재확인하듯 사리가 메이플에게 다짐을 받고 달려 나간다.

메이플도 따라가듯이 후다닥 달려간다.

"초반이 똑같다면 문제없어!"

사리는 지난번과 완전히 똑같이 보스의 HP를 깎는다.

메이플은 기본적으로【도발】로 불을 쏘는 책의 주의를 끄는 것 외에는 특별히 할 일이 없어서 사리에게【커버】를 할 수 있는 위치에 서 있었다.

"음……. 오랜만에 제대로【커버 무브】를 써야지. 이 거리라면 닿을 거야……. 조, 좀 더 가까이 가 놓을까."

위치를 미세조정하면서 사리가 대미지를 가하고 있는 것을 보던 메이플은, 최소한 스킬 봉인은 당하지 않게 하려고 발밑을 확인했다.

사리는 집중력이 끊어지기 전에 HP를 줄이기 위해 거세게 공격을 계속했다. 그렇게 한 보람이 있어서 벌써 보스가 빼앗은 스킬의 페이지를 펼쳤다.

"메이플!"

"【커버 무브】,【커버】!"

행동 변화를 놓치지 않고 물러난 사리를 메이플이 따라잡는다.

그 직후 메이플의 몸에 탄환이 직격했다.

"제대로 보고 있으면 괜찮네!"

커다란 소리를 내며 메이플이 탄환을 몸으로 튕겨낸다.

"그런…… 것 같지? 한 번 빼앗으면 자주 빼앗으러 오진 않는 건가."

그렇다면 문제없다 싶어서 사리는 메이플의 등에 딱 달라붙어 전진했다.

"우우…… 엄청난 양이야!"

"지난번엔 제대로 볼 시간도 없었지만, 주위의 잡몹은 일단 사라졌네."

"아, 진짜다! 이러면 편하겠네! 다행이야……."

보스 근처로 오면서 위쪽에서 공격받게 되어, 메이플은 방패를 우산처럼 위로 들고 사리를 지켰다.

"이건…… 몸으로 받아도 되는 메이플밖에 못하겠네."

"후후후, 이 정도 공격이라면 괜찮아! 스킬도 안 빼앗겼고!"

"그러네. 응, 더 안 빼앗긴다면 팍팍 공격할까."

"잘 따라갈게!"

"응, 부탁해. 그럼…… 간다!"

사리가 메이플에게서 확 떨어져 보스를 공격한다.

말로는 어쩔 도리가 없다고 했었지만, 사리는 날아오는 탄환을 당연하다는 듯이 대거로 쳐내며 달렸다.

그리고 메이플이 내구치가 깎이지 않도록 방패를 감싸며 따라간다.

"【더블 슬래시】!"

【검무】의 푸른 오라가 휘날리고, 보스의 HP가 쭉쭉 깎인다.

사리가 몇 개나 솟아난 얼음 기둥을 이용해 교묘하게 탄환을 피한다.

그것은 메이플이 보기에도 상당히 연습했다는 걸 알 수 있는 움직임이었다.

"……윽, 사리!"

"괜찮아! 나도 알아!"

HP가 줄어들었을 때, 보스가 다른 스킬을 하나 더 병용하기 시작했다.

지면이 검게 물들고 괴물 두 마리가 스르르 솟아나온다.

그리고 괴물과 섞여 스킬을 빼앗는 사슬이 반응하지 못한 메이플을 다시 옭아맸다.

"우웃…… 예정대로! 예정대로인걸!"

"메이플, 【포식자】가 그리로 갔어!"

메이플이 꽁꽁 묶인 탓에 타깃이 된 모양인지, 탄환에 이어서 포식자도 다가온다.

그리고 한 마리가 다리에서 몸통까지를 커다란 아가리로 물고, 두 마리째는 삼키려는 듯이 메이플의 머리를 물었다.

메이플은 무심코 눈을 감았지만 대미지가 없다는 것을 깨닫고 천천히 눈을 떴다.

"오, 오오…… 포식자의 입속은 이렇게 되어 있구나! 제법 오래 같이 싸웠는데 몰랐어……."

메이플은 그대로 빼앗긴 스킬을 사리에게 전달한다.

"【고독의 주법】이랑…… 【포트리스】랑 【헌신의 자애】! 그리고 【절대방어】!"

메이플은 앞이 안 보이는 상태로 사리 쪽으로 외친다.

사리는 이쪽도 어떻게든 되고 있다고 대답했다. 메이플의 귀에 마법 소리와 얼음 기둥이 치솟는 소리가 들려온다.

"【포식자】가 메이플에게 간 사이에, 단숨에 해치우겠어!"

사리는 【얼음 기둥】을 만들고는 거미줄과 투명한 발판을 이용해 공중을 뛰어다녔다. 메이플이 선물한 신발 덕에 더욱 정밀한 움직임을 할 수 있게 된 사리는 마치 마법이 알아서 피해가는 것처럼 보이는 움직임으로 보스에게 접근해 대거로 베고 또 벤다.

"좋아, 【헌신의 자애】! 이걸로 표적이 늘어나!"

정확하게 날아가는 사리의 마법들은 작은 책을 확실히 포착하고 보스에게 대미지를 축적시킨다.

"좋아. 분위기가 좋으, 려나!"

급강하와 급상승. 집중력을 높여서 거세지는 공격의 틈새를 빠져나간다.

"이걸로, 마지막이다!"

사리는 대거를 집어넣고는 주먹을 꽉 쥐고 공중에 만든 발판을 차고 쭉 가속했다.

"탈출해야 하는데……. 어기 보자, 이거다!"

메이플은 인벤토리를 열고 이즈의 특제 폭탄을 꺼냈다.

폭탄은 그대로 땅에 떨어져, 날아온 탄환에 의해 연쇄폭발을 일으켰다.

"어떠냐! 나도 스킬이 없어도 공격할 수 있거든!"

메이플은 괴물의 아가리 속에서 의기양양한 얼굴을 했다. 이렇게 해서 타오르는 불꽃 속에서 사슬은 끊겼지만, 메이플을 몇 번이나 지원해 주었던 괴물 두 마리는 여전히 메이플을 물고 있다.

"……이, 이제 놔 줘도 되는데?"

그 목소리에 반응했다기보다는 구속이 풀린 것이 결정타가 되어, 두 마리가 메이플에게서 떨어져 사리 쪽으로 향했다.

"그, 그건 안 돼!"

메이플이 해방되고 나서 주위를 확인하자, 잔뜩 소환된 작은 책에 의해 불과 물, 바람의 칼날에 돌 탄환 등이 날아다니고 있었다.

게다가 책에서 흰 날개가 나와 있었다. 보스의 공격도 거세져서 사리가 어디 있는지 메이플은 금방 알 수가 없었다.

"엑!?"

메이플이 서둘러야 한다고 초조해하며 보스 쪽을 봤을 때, 보스 위에 표시된 HP 게이지가 순식간에 확 감소하더니 보스가 단숨에 빛이 되어 터졌다.

"에에엑?!"

"영……차. 피, 피곤해…….."

그 빛 너머에서 사리가 털썩 땅에 내려와 그 자리에 주저앉는다.

그것을 본 메이플이 급히 달려갔다.

"자, 잡은 거야?"

"그래, 【헌신의 자애】를 써 줘서 어찌어찌 됐어. 회복은 안 쓰고 끝나서 다행이야."

"우, 제대로 싸우고 싶었는데! 깨물리는 바람에 아무것도 안 보였는걸……."

"먼저 게임 하자고 말했으니까, 가끔은 나도 메이플보다 활약해서 멋진 모습을 보여주고 싶다고…… 헤헤. 붙잡힌 동안에 안 구한 건 내 자존심 때문일지도……?"

사리가 조금 미안한 듯이 눈을 피하면서 말했다.

그러자 메이플은 잠시 생각하고 나서 뭔가 떠올린 듯이 얼굴을 확 들었다.

"과연, 그렇구나! 그럼…… 1층은 내가 열심히 했으니까, 3층에서는 누가 보스를 잡을지 승부하자!"

메이플이 그런 소리를 하니 사리가 조금 놀란 듯한 표정을 짓는다.

"……으음, 이길 수 있을까?"

"후훗, 못하면 내가 이길 거야!"

메이플은 그렇게 말하고 자신 있게 웃었다.

그 모습을 보고 사리도 평소 기분으로 돌아온 것 같았다.

"……좋아, 그럼 안 질 거야. 다음에는 서포트도 제대로 하고 보스도 잡을 거야!"

"그럼 이제 3층으로 가자! 쇠뿔도 단김에…… 이건 좀 다른 것 같지만."

"뭐든 생각났을 때 바로 하자는 얘기겠지. 갈까!"

사리도 찬성하자 메이플은 3층을 향해 뛰기 시작했다.

"……좋아, 다음에는 제대로 침착하게 싸우자."

사리는 반성하며 메이플 뒤를 좇았다.

제7회 이벤트는 이제 막 시작된 참이다.

다음 보스에게도 지지 않겠다며, 두 사람은 마음을 단단히 먹고 탑 3층으로 향했다.

〈7권에서 계속〉

후기

어쩌다가 6권을 집어 주신 분께는 처음 뵙겠습니다. 지금까지 계속 응원해 주고 계시는 분께는 더할 나위 없는 감사를. 안녕하세요, 유우미칸입니다.

여러분의 응원 덕분에 6권을 낼 수 있었습니다. 정말 감사합니다.

또한 만화, 애니메이션 기획도 기뻐해 주신다면 저에게 이보다 기쁜 일은 더 없을 겁니다. 1권부터 지지해 주시는 주위 분들도 그렇고, 계속 읽어 주시는 분들도 그렇고, 제게는 정말 좋은 인연이 많다고 생각할 따름입니다.

앞으로도 원작, 만화, 애니메이션 기획으로 각각의 즐거움을 전하는 것이 제가 할 일이겠지요. 말은 이렇게 해도 그 모든 것들이 커다란 사건이라, 문득 돌이켜 보면 지금도 현재의 제가 믿기지 않을 때가 있을 정도지만요.

여러분의 즐거움 중 하나가 되었다면, 글을 써서 다행이라고 생각합니다.

그러니, 즐겁게 읽어 주시는 분들을 위해 또 이어지는 이야기를 전할 수 있었으면 좋겠습니다.

　언젠가 나올 7권에서 만날 수 있기를 저도 기대하겠습니다!

　　　　　　　　　　　　　　　　　　　　　유우미칸

아픈 건 싫으니까 방어력에 올인하려고 합니다. 6

2020년 03월 10일 제1판 인쇄
2020년 04월 20일 제2쇄 발행

지음 유우미칸 | **일러스트** 코인

옮김 박수진

발행 영상출판미디어(주)
등록번호 제 2002-000003호
주소 21311 인천광역시 부평구 평천로 132 (청천동)
전화 032-505-2973(代) | FAX 032-505-2982

ISBN 979-11-6524-328-9
ISBN 979-11-319-9451-1 (세트)

ITAINO WA IYA NANODE BOGYORYOKU NI KYOKUFURI SHITAITO OMOIMASU. Vol.6
ⓒYuumikan, Koin 2019
First published in Japan in 2019 by KADOKAWA CORPORATION, Tokyo.
Korean translation rights arranged with KADOKAWA CORPORATION, Tokyo.

최강 마법사의 은둔계획

1~6

마물의 위협이 끊이질 않는 세계. 타고난 재능 탓에 어린 시절부터
최전선에서 목숨을 걸고 싸운 소년 아르스 레긴은 세계 최강 마법사의 상징인
랭킹 1위의 자리에 오르고 10년 동안의 군 생활을 마치길 희망한다.
그러나 최강의 전력을 놀릴 수 없는는 국가는 퇴역 대신에 마법학원 입학을 권하는데——.

파란이 멈추지는 않는 학교 생활, 미소녀 마법사들의 육성까지,
이제 그만 평온을 바라는 세계 최강의 영웅담이 새로이 시작된다!

이즈시로 지음 / 미유키 루리아 일러스트

영상출판
미디어(주)

교황 타나토스와의 결전 후, 여전히 분주한
해골기사님의 이세계 모험기!

해골기사님은 지금
이세계 모험 중
9

교황 타나토스를 물리친 해골기사 아크.
행방을 감춘 나머지 두 추기경의 탐색을 의뢰받고 정령수 폰타, 다크엘프 미녀전사 아리안,
고양이 귀 닌자소녀 치요메와 함께 단서를 찾아 성도 중앙의 교회로 향한다.
유령도시로 변한 성도에 잠입한 아크는 변함없이 사람들을 구하면서 길을 서두른다.
그리고 마침내 교회에서 비밀 금고를 발견하는데——?!

최강 해골기사의 이계 판타지 제9탄, 대단원을 넘어 등장!

하카리 엔키 지음 / KeG 일러스트

영상출판
미디어(주)

돼지 공작으로 전생했으니까 이번엔 너에게 좋아한다고 말하고 싶어
1~6

대인기 애니메이션 『슈야 마리오넷』의 미움받는 존재 '돼지 공작'.
마법학원에 다니는 공작가의 3남인 스로우 데닝.
그 '돼지 공작'이 된 나는 이대로 가면 좋아하는 여자애도 빼앗기는 배드 엔딩으로 직행!?
그럴 순 없지! 나는 내 지식과 노력으로, 내 사랑스러운 샬롯에게 고백할 거야!

미움받는 캐릭터로 태어나 정해진 운명을 비틀고 행복을 손에 쥐어라!
인기 이세계 판타지, 절찬 출간 중!

아이다 리즈무 지음 / nauribon 일러스트

영상출판
미디어㈜